슈뢰딩거의 고양이

퀀텀 시의 세계

Translated to Korean from the English version of
Schrödinger's Cat

Devajit Bhuyan

Ukiyoto Publishing

모든 글로벌 퍼블리싱 권한은 다음에서 보유합니다.

Ukiyoto Publishing

에 게시됨 2023

콘텐츠 저작권© Devajit Bhuyan

ISBN 9789360168315

모든 권리 보유.

본 출판물의 어떠한 부분도 발행인의 사전 허가 없이 전자, 기계, 복사, 녹음 또는 그 밖의 방법으로 어떠한 형태로든 복제, 전송 또는 검색 시스템에 저장할 수 없습니다.

저자의 저작인격권은 주장되었습니다.

이 책은 출판사의 사전 동의 없이 거래 또는 기타 방법으로 출판된 형태 이외의 제본이나 표지로 대여, 재판매, 대여 또는 기타 방식으로 유통할 수 없다는 조건으로 판매됩니다.

www.ukiyoto.com

양자 물리학의 삼총사, 에르빈 슈뢰딩거, 막스 플랑크, 워너 하이젠베르크에게 헌정합니다.

콘텐츠

엔트로피는 죽인다   2

물질 에너지 이중성   3

평행 우주   4

옵저버의 중요성   5

인공 지능   6

시간 차원을 넘지 마세요   7

원스 어폰 어 타임   8

신 방정식   9

철학자 토론   10

나는 계속 나아가고 있다   11

신과 물리학의 놀이   13

한때 텔렉스라는 기계가 있었습니다.   14

내 마음   16

멀티버스가 사실이라면   17

마찰   18

우리가 아는 것은 아무것도 아닙니다   19

진실의 좋은 날이 다가오고 있습니다	20
차별화 및 통합	21
굶주림에 빠진 독수리	22
나이가 들면서	24
인공적인 구분은 잊어버리세요	26
클라우드 컴퓨팅이 그를 투명인간으로 만들다	27
우리는 가상입니다	28
삶의 의식	29
고양이가 살아서 나왔다	31
큰 장벽	32
인생은 장미의 침대는 아니지만 햇빛은 있습니다.	33
최고 동물	34
O" 과학자 여러분, 과학자 여러분	35
인간의 감정과 양자 물리학	36
독창성과 의식은 어떻게 될까요?	37
우주의 확장이 끝날 때	38
리엔지니어링	39
신의 입자, 힉스 입자	40

노인과 양자 얽힘	41
사람들은 무엇을 할까요?	42
공간-시간	43
불안정한 우주	44
상대성 이론	45
시간이란 무엇인가요?	46
크게 생각하기	47
자연은 스스로의 진화 과정에 대한 대가를 치렀습니다.	48
지구의 날	49
세계 책의 날	50
전환기에도 행복하게 살자	51
관찰자의 역할이 중요합니다	52
충분한 시간	53
외로움은 항상 나쁜 것은 아닙니다.	54
나 대 인공지능	55
윤리적 질문	56
모름	57
쥐 경주에서 내가 최고였다는 걸 알아	58

미래 만들기	59
무시된 차원	60
우리는 기억합니다	61
자유 의지	62
내일은 희망일 뿐	63
이벤트 호라이즌의 탄생과 죽음	64
궁극의 게임	65
시간, 신비한 환상	66
신은 자기 의지를 거스르지 않는다	67
좋은 것과 나쁜 것	68
사람들이 선호하는 카테고리는 몇 가지에 불과합니다.	70
더 나은 내일을 위한 기술	71
인공 지능과 자연 지능의 융합	72
다른 행성에서	73
파괴 본능	74
뚱뚱한 사람은 젊게 죽는다	75
멀티태스킹은 치료법이 아닙니다	76
불멸의 남자	77

이상한 차원	79
삶은 끊임없는 투쟁입니다	80
더 높이 더 멀리, 현실감 넘치는 비행	81
생활 속 대처 방법	82
우리는 원자 덩어리일 뿐인가요?	83
시간은 존재하지 않는 부패 또는 진보입니다.	84
파라오	85
론리 플래닛	86
왜 전쟁이 필요한가?	87
영구적인 세계 평호- 포기	88
미싱 링크	89
신 방정식만으로는 충분하지 않습니다	90
여성의 평등	91
무한대	92
은하수 너머	93
위로금에 만족하고 앞으로 나아가기	94
코로나 19 확산 방지 실패	95
마음가짐을 잃지 다세요	96

크게 생각하고 실행하기	97
두뇌만으로는 충분하지 않습니다	98
수 세기 및 수학	99
메모리 부족	100
더 많이 줄수록 더 많은 것을 얻습니다	101
놓아주는 것과 잊어버리는 것도 똑같이 중요합니다.	102
양자 확률	103
전자	104
중성미자	105
신은 나쁜 관리자	106
물리학은 공학의 아버지	107
원자에 대한 사람들의 지식	108
불안정한 전자	109
기본 세력	110
호모 사피엔스의 목적	111
미싱 링크 전	112
아담과 이브	113
상상의 숫자는 어렵습니다	114

역계산	115
누구나 0으로 시작하기	116
윤리적 질문	117
올-신-탄-코스	118
화력	120
밤과 낮	121
자유 의지와 최종 결과	122
양자 확률	123
죽음과 불멸	124
교차로의 미친 소녀	126
원자 대 분자	128
새로운 다짐을 해봅시다	129
페르미-디락 통계	130
비인간적 사고방식	131
비즈니스 프로세스	132
평화로운 휴식(RIP)	133
영혼은 실재하는가, 아니면 상상인가?	134
모든 영혼은 같은 패키지에 포함되나요?	135

핵	136
물리학을 넘어서	138
과학과 종교	139
종교와 다중 우주	140
과학과 멀티버스의 미래	141
꿀벌	143
동일한 결과	144
무언가 그리고 아무것도	145
최고의 시	146
머리카락 회색화	147
불안정한 인간	148
시를 물리학처럼 단순하게 만들기	149
막스 플랑크 대왕	151
옵저버의 중요성	152
우리는 모릅니다	154
새로운 기능	155
Ether	157
독립성은 절대적이지 않습니다	158

강제 진화, 어떻게 될까요?	159
다이 영	161
결정론, 무작위성 및 자유 의지	163
문제	165
생명에는 작은 입자가 필요합니다	167
고통과 즐거움	169
물리학 이론	171
무슨 일이 있었든 일어난 일	172
감정이 대칭적인 이유는 무엇인가요?	174
깊은 어둠 속에서도 우리는 나아갑니다	176
존재의 게임	177
자연 선택과 진화	179
물리학 및 DNA 코드	181
현실이란 무엇인가요?	183
상대 세력	185
시간 측정	186
베끼지 말고 나만의 논문 제출하기	188
삶의 목적은 단일한 것이 아닙니다	190

나무에는 목적이 있을까요?	192
오래된 것은 금으로 남을 것이다	194
미래를 위한 도전	196
아름다움과 상대성 이론	198
동적 평형	199
아무도 나를 막을 수 없다	200
완벽을 추구한 적은 없지만 개선하려고 노력했습니다.	201
선생님	203
환상적인 완벽함	204
핵심 가치에 충실하기	205
죽음의 발명	207
자신감	209
무례한 태도 유지	210
왜 우리는 혼란스러워지고 있을까요?	212
살기 위해, 아니면 살지 않기 위해?	214
더 큰 그림	215
시야를 넓히세요	216
알아요.	218

목적과 이유를 찾지 마세요.	220
자연 사랑	221
본 프리	223
우리의 수명은 항상 괜찮습니다	225
미안하지 않습니다	226
일찍 자고 일찍 일어나기	227
단순해진 생활	228
파동 함수의 시각화	229
80 억	231
나	232
편안함의 중독성	234
자유 의지와 목적	235
두 가지 유형	236
과학자에게 감사하는 마음을 갖자	237
물과 산소 너머의 생명	238
물과 땅	240
물리학에는 고조파가 있습니다	242
자연의 영역에 있는 과학	244

진화하는 가설과 법칙 246

저자 소개 248

슈뢰딩거의 고양이

우리는 공간, 시간, 물질, 에너지로 둘러싸인 블랙박스 안에 있습니다.

공간과 시간의 영역에서 우리는 시너지를 위해 바쁘게 변환하고 있습니다.

또한 우리는 체지방 축적을 통해 에너지를 물질로 전환합니다.

그러나 블랙박스의 경계 안에서 우리의 삶은 끝나고 모든 것이 쉬게 됩니다.

이 무한한 은하계의 블랙박스 너머에는 무엇이 있는지 아무도 모릅니다.

물리적으로 검증할 수 있는 기술이 없는 우주의 가장자리에는 무엇이 있을까?

블랙박스 너머의 비밀, 미지의 동력 보존소

우리는 상자에서 슈뢰딩거의 고양이를 꺼낼 수 있습니다.

그럼에도 불구하고 역설에서 벗어나는 것은 쉽고 간단하지 않을 것입니다.

삶의 궁극적인 진리를 알기 위해 인간은 항상 어려움에 직면하게 됩니다.

엔트로피는 죽인다

우주의 엔트로피는 나날이 증가하고 있습니다.

하지만 속도를 늦출 수 있는 기계나 방법은 없습니다.

속도를 늦추는 기계를 발명할 물리학 법칙도 없습니다.

진실을 아는 것만으로는 충분하지 않습니다. 해결책이 필요합니다.

우리 눈앞에서 매일 원치 않는 파괴가 일어나고 있습니다.

엔트로피를 증가시키기 위해 매달 인구가 증가하고 있습니다.

돌이킬 수없는 엔트로피 과정은 곧 최대가 될 수 있습니다.

인류와 최고의 동물은 달로 이주해야 할 것입니다.

플라스틱 없이는 충분히 똑똑하지 않은 노인 세대를 비웃지 마십시오.

적어도 엔트로피가 증가하는 현상은 소박하지 않았습니다.

물질 에너지 이중성

물질과 에너지의 이중성은 매우 간단합니다.

매 순간 수십억 개의 별이 만들어지고 있습니다.

은하는 물질로 존재하고

그리고 은하의 물질은 에너지로 사라집니다.

그러나 모든 물질과 에너지의 합은 0 입니다.

그 사이에 반물질과 암흑 에너지는 알려지지 않은 영웅입니다.

우리는 매 순간 물질과 에너지를 가지고 놀고 있습니다.

하지만 간단한 기술을 발명하기에는 아직 멀었습니다.

시간과 공간의 영역에서 우리의 존재는 제한적입니다.

물질과 에너지를 변환하는 간단한 기술을 배우는 날

시간과 공간의 장벽은 무한대로 남지 않을 것입니다.

신은 고양이와 함께 슈뢰딩거의 상자 안에있을 것입니다.

우주는 플라잉 배트라고 쿨리는 인공 지능 로봇이 지배할지도 모릅니다.

평행 우주

종교계는 평행 우주의 존재에 대해 태고적부터 말해왔습니다.

물리학 및 과학계는 상상과 무지의 소산이라고 말함

물리학이 더 깊이 들어가면서 많은 자연 현상을 설명할 수 없게 되자

이를 설명하기 위해 평행우주는 설명이 가능하다고 주장하고 있습니다.

하지만 천년 묵은 생각에 과학자들은 인정하지 않습니다.

입자 물리학, 아원자 물리학 자체가 철학적 사고입니다.

수십 년이 지난 후에야 과학적 실험으로 확증되었습니다.

그런데도 비슷한 철학을 다른 언어 형식으로 설명하면 거부한다.

이것이 과학계의 블랙박스 사고 증후군입니다.

"우리가 모르는 것은 지식이 아니다"라는 말은 과학계에서 받아들여지지 않습니다.

일단 평행 우주가 증명되면 판단력이 부족하다는 이유로 침묵을 지킵니다.

옵저버의 중요성

시간의 지평선에서 슈뢰딩거의 상자를 열었을 때

상자 안의 고양이는 살아있을 수도 있고 죽었을 수도 있으며, 이는 확률의 문제입니다.

외부의 어떤 관찰자도 이를 확실하게 예측하고 확인할 수 없습니다.

그러나 우리가 관찰할 때는 상황이 달라질 수 있습니다.

그렇기 때문에 이벤트 지평선에서는 관찰자가 중요합니다.

이중 슬릿 실험에서 입자는 관찰할 때 다르게 행동합니다.

왜 입자가 얽히는지, 이에 대한 설명은 없습니다.

얽힌 입자 사이의 정보는 빛보다 빠르게 이동합니다.

따라서 미래에는 외계 행성 및 외계인과의 통신이 밝습니다.

인공 지능

코코넛 나무 꼭대기로 물을 퍼 올리는 데 필요한 심장 같은 펌프는 없습니다.

기계는 벌처럼 겨자꽃에서 꿀을 채취할 수 없습니다.

같은 토양에서 식물은 단맛, 신맛, 쓴맛을 만들 수 있습니다.

인공 지능의 경우 자연의 링에서 플레이하는 것은 다른 게임이 될 것입니다.

인공 지능과 태양열로 모든 것이 로봇에 의해 수행된다면 인간이 지구에 영원히 살아야 할 목적이나 이유가 없습니다.

인간이 다른 행성과 은하계로 여행할 수 있는 적절한 시기입니다.

우리는 불멸의 몸을 위해 새로운 유전자 코드에 서명해야합니다.

나는 지능형 컴퓨터 아래에서 무기한 살고 싶지 않다.

시간이 기억하지 못하더라도 오늘 독립적 인 생각으로 죽게하십시오.

시간 차원을 넘지 마세요

무한한 우주에서 빛의 속도는 너무 느립니다.

이것은 행성의 개성을 보호하기 위한 안전 예방책일 수 있습니다.

외계인과 인간이 잦은 전쟁을 벌이지 않도록 하기 위한 것일 수도 있습니다.

수십억 광년 떨어진 별에서 다른 문명이 번성하고 있을지도 모릅니다.

빛보다 빠른 여행은 호모 사피엔스의 미래에 좋지 않을 수 있습니다.

결과를 모른 채 속도의 안전 밸브를 깨뜨리지 말자

시간 차원의 터널은 문명을 거꾸로 만들 것입니다.

바이러스에 맞서던 코로나 19 백신조차도 이제 건강에 혼란을 일으키고 있습니다.

건강한 청년이 우리 무르에서 이유없이 죽어 가고 있습니다.

절반의 지식은 무지하거나 전혀 모르는 것보다 나쁩니다.

빛의 속도와 시간의 터널을 위반하면 호모 사피엔스가 추락 할 수 있습니다.

원스 어폰 어 타임

옛날 옛적에 사람들은 태양이 태양 주위를 움직인다고 생각했습니다.

저녁에 바다에 가라 앉았다가 아침에 다시 나옵니다.

태양이 나오려면 매일 아침 신의 허락이 필요합니다.

원시 시대의 사람들은 얼마나 무지하고 비과학적인가?

수백만 년 동안 사람들은 핵폭탄을 만드는 법을 몰랐습니다.

피라미드, 기념비, 큰 무덤을 지은 것은 좋은 일입니다.

그렇지 않았다면 우리는 현대 문명의 시대에 도달하지 못했을 것입니다.

중세 시대에 인류 문명은 망각에 빠졌을 것입니다.

한때 우리는 빛이 전파되는 에테르(에테르)에 대해 배웠습니다.

이제 과학자들은 소위 물리학자들이 너무 공허하다고 생각합니다.

오늘날 빅뱅, 정상 상태, 다중 구절 또는 끈 이론 중 어느 것이 옳은지 아는 사람은 아무도 없습니다.

그러나 우주의 시작이나 끝이없는 정상 상태 이론으로 종교는 빡빡합니다.

행성, 별, 은하가 인간처럼 태어나고 죽는다.

인간에게 시간의 규모와 다른 차원은 또 다른 문제입니다.

신 방정식

인간은 다른 생명체나 무생물처럼 원자 덩어리에 불과할까요?
아니면 인체의 원자 조합은 다른 것과 완전히 다른가요?
서로 다른 원자의 조합만으로는 의식을 불어넣을 수 없습니다.
인간과 로봇, 인공지능이 탑재된 컴퓨터의 차이점
원자가 존재하는 가장 작은 입자라는 말을 들은 적이
있습니다.
양 양성자, 중성자, 음전자는 기본입니다.
이제 우리는 더 깊이 들어가면서 이것이 사실이 아니라는 것을
알고 있습니다.
기본 입자는 광자, 보손 또는 현의 진동일 수 있습니다.
일부 과학자들은 물질이 정보에 불과할 수도 있다고 말합니다.
코드에 따라 결합하여 다른 표현을 제공합니다.
하지만 의식과 그 기원에 대해서는 아직 해답이 없습니다.
사과와 사과로 만든 포도즈를 먹으며 행복해하자.
과학자들이 모든 것이 들어맞는 신 방정식을 찾을 때까지.

철학자 토론

철학자 논쟁, 달걀이 먼저인가, 새가 먼저인가?

양측의 논리는 똑같이 강력하고 견고합니다.

물질과 에너지의 경우, 그런 논쟁은 없습니다.

에너지로부터 우주가 생겨났다는 것은 엄연한 사실입니다.

에너지가 생성되거나 파괴될 수 없다는 것은 오래된 패러다임입니다.

오래 전 아인슈타인은 에너지-물질 이원성의 개념을 다음과 같이 말했습니다.

입자의 물질과 파동 특성도 펼쳐집니다.

너무 많은 기본 입자 또는 기본 입자가 존재합니다.

우주의 궁극적 구성 요소에 대한 의견은 항상 다릅니다.

슈뢰딩거의 고양이처럼 전지전능한 존재를 가두는 것은 불가능합니다.

고양이를 가두기 전까지는 먹고, 웃고, 사랑하고, 더 나은 죽음을 위해 걷자.

나는 계속 나아가고 있다

우주는 멈추지 않고 확장되고 있습니다.

저도 제 여정을 계속 나아가고 있습니다.

때로는 햇살, 때로는 비

때로는 천둥과 폭풍우

하지만 나는 멈추지 않고 계속 나아가고 있습니다;

그 여정은 언제나 순탄치 않았어

내 발가락에 박힌 가시, 나는 스스로 제거했습니다.

강을 건널 다리가 없던 곳

나는 내 자신의 배를 만들고 그것을 건너

그러나 나는 멈추지 않고 계속 나아갔습니다;

때로는 가장 어두운 밤에 –나는 방향을 잃었습니다.

하지만 반딧불은 나아갈 길을 보여줬고

미끄러운 길에서 몇 번이나 넘어졌어

재빨리 일어나서 깜박이는 별을 바라본다.

그러나 나는 멈추지 않고 계속 나아갔다;

내가 커버 한 거리를 측정하려고 시도한 적이 없습니다.

손익을 계산하지 않고 항상 앞으로 나아갔습니다.

방관자의 격려를 기대하지 않았습니다.

실수를 저지르며 멈춰있는 사람들과 시간을 낭비하지 않았습니다.

오래 전, 나는 인생에서 영원한 것은 없으며 여행이 보상이라는 것을 깨달았습니다.

신과 물리학의 놀이

중력, 전자기, 강하고 약한 핵력은 기본입니다

이것이 바로 우주가 정지하거나 정적이 아닌 동적인
이유입니다.

이 네 가지 차원의 물질, 에너지, 공간, 시간, 창조주의 놀이

아직 발견되지 않은 차원도 존재한다고 과학자들은 말한다.

암흑 에너지의 존재 이유와 행동은 아직 밝혀지지 않았습니다.

인간의 뇌는 동일하지만 의식은 각각 다르다

우주와 신의 존재를 위해서는 의식이 중요합니다.

양자 얽힘은 최대 속도 제한을 따르지 않음

시간 여행과 다른 은하계로의 여행, 얽힘 허용

우리가 더 깊이 들어가면 더 많은 질문이 나올 것입니다.

물리와 신 사이의 놀이는 정말 재미 있고 재미 있습니다.

한때 텔렉스라는 기계가 있었습니다.

언젠가 새로운 세대는 의심 할 것입니다, 전화 통화를위한 PCO 가 있었습니다.

텔렉스와 팩스 기계는 우리가 사용했지만 이제 우리는 놀랐습니다.

인터넷 카페는 예고도 없이 우리 눈앞에서 사라졌다.

그러나 커피 카페 앞에서 구걸하는 가난한 남자는 여전히 존재합니다.

카세트와 CD 플레이어로 구성된 대형 사운드 박스는 이제 집에 버려졌습니다.

하지만 사운드 박스와 전관방송은 시간을 견뎌냈습니다.

소통을 위한 인터넷, 소셜 미디어가 대세지만

기술은 항상 더 나은 내일과 삶을 개선하기 위한 것입니다.

하지만 남편과 아내의 이혼 건수를 줄일 수는 없습니다.

현대 문명의 정점에도 빈곤과 기아는 존재합니다.

많은 국가에서 많은 사람들의 사고 방식은 비합리적이고 인종 차별적입니다.

물리학과 기술은 전쟁과 범죄를 막는 방법에 대한 해답이 없습니다.

평화로운 세상을 위한 기술을 개발하고 형제애를 증진하는 것이 가장 중요합니다.

내 마음

내 마음은 질투를 허용하지 않았습니다.

내 마음은 내가 냉정 해지는 것을 결코 허용하지 않았습니다.

분노와 증오는 내 차 한잔이 아닙니다.

나는 바다 근처에서 고독하게 지내는 것이 낫다

내가 항상 선호하는 평화와 고요함

다툼 대신 형제애가 더 좋습니다.

폭력으로부터 나는 항상 멀리하려고 노력합니다.

진실과 정직을 위해 나는 지불 할 준비가되어 있습니다.

부패한 사람들, 나는 막으려 고 노력합니다.

나는 많은 불안과 긴장을 겪는다.

환경을 보호하기 위해 나는 해결책이 없다

전쟁과 오염은 나에게 우울증을 준다

인류의 정신 건강이 악화되고 있습니다.

멀티버스가 사실이라면

다중 우주와 평행 우주 이론이 사실이라면

그렇다면 지구에 인간이 존재할 수 있는 단서가 있습니다.

가장 진보 된 문명은 지구를 감옥으로 사용했을 수 있습니다.

인간은 가장 잔인한 동물이며, 그 이유 일 수 있습니다.

좋은 문명의 나쁜 요소들이 지구로 옮겨졌습니다.

그런 다음 선진 문명은 악과 악의 배를 제거했습니다.

인간은 원숭이와 함께 정글의 지구에 남겨졌습니다.

도구나 도구 없이 나쁜 인간들은 다시 삶을 시작했죠.

1 세대가 사망한 후, 오래된 정보가 파괴됩니다.

세상에 태어난 후손들이 새롭게 시작해야 하는 삶의 문제

문명은 많이 발전하고 발전했지만

나쁜 사람과 범죄자의 DNA 를 가진 인간 사회는 여전히 썩어가고 있습니다.

발전된 문명은 결크 인간의 손이 닿지 않는 곳

옛 조상들의 나쁜 DNA 가 또다시 그들의 지배를 무너뜨리려 할 것입니다.

마찰

마찰 계수가 뮤라는 것을 아는 사람은 거의 없습니다.

마찰이 없으면 이 행성에서 생명은 재생할 수 없습니다.

생명의 탄생은 남성과 여성 기관의 마찰로 시작됩니다.

마찰을 통해 신생아는 울음 소리와 함께 제공됩니다.

마찰이 없으면 불은 그 불꽃을 보여줄 수 없습니다.

불은 인류 문명의 판도를 바꿨습니다.

바퀴는 마찰력 없이는 앞으로 나아갈 수 없습니다.

빠르게 달리는 자동차를 멈추기 위해 마찰은 가장 중요한 원천입니다.

마찰이 없으면 점보 제트기가 활주로에서 멈추지 않습니다.

도시를 폭격하기 위한 전투기의 이륙은 멀리 떨어져 있을 것입니다.

마음의 마찰은 수많은 서사시를 창조합니다.

중력과 마찬가지로 마찰도 자연적인 힘의 기본입니다.

자아의 마찰은 위험하며 큰 전쟁으로 이어집니다.

인류 문명을 큰 위험에 빠뜨릴 수 있습니다.

마찰은 그 용도에 따라 좋고 나쁨이 있습니다.

마찰이 없으면 지구의 생명체는 멸종하고 지구는 아무도 사용할 수 없습니다.

우리가 아는 것은 아무것도 아닙니다

물리학이 아는 것은 빙산의 일각에 불과합니다.

물리학이 모르는 것은 실제 물리학입니다.

암흑 에너지와 암흑 물질, 실제 역학을 제어하다

우리가 물질, 에너지, 시간에 대해 알고 있는 것은 기초적인 것일 뿐입니다.

우주의 경계는 알려지지 않았고 환상적입니다.

반물질과 평행 우주의 실체는 미지수

수천 년 전, 다중 우주의 개념은 날아갔습니다.

빅뱅 이전에도 은하가 있었지만 지금은 우리가 알고 있습니다.

물리학의 발전은 매우 빠르지만 시간의 영역에서는 느립니다.

우주는 우리가 아는 것보다 더 빠른 속도로 팽창하고 있습니다.

우리는 우주와 그 광대함에 대해 아는 것이 거의 없다는 것을 인정해야 합니다.

진실의 좋은 날이 다가오고 있습니다

빛보다 빠르게 여행할 수 있게 될 때

인류 문명의 미래는 밝아질 것입니다.

수십억 광년 떨어진 머나먼 행성으로부터

과거에 어떤 잘못이 있었는지 우리는 쉽게 말할 수 있습니다.

부처, 예수, 무함마드의 실화가 밝혀질 것입니다.

종교 교과서에서 거짓이 우세하지 않을 것입니다.

미래의 진리로가는 길은 확고하고 거짓은 결코 지속되지 않을 것입니다.

진실, 신뢰 및 헌신의 길, 사람들은 유지할 것입니다.

나쁜 사람들과 범죄자, 세계 정부가 구금 할 것입니다.

그들은 수십억 광년 떨어진 감옥으로 추방될 것입니다.

차별화 및 통합

인간을 계속 분화시킬 때

마침내 원숭이가 나무에 달린 과일을 먹게 됩니다.

하지만 원시인을 계속 통합하면

마침내 부처님, 예수님, 아인슈타인이 탄생합니다.

따라서 통합은 차별화보다 더 중요합니다.

통합은 진리와 문제 해결책을 찾는 길입니다.

분화는 퇴보와 파멸의 길입니다.

인간의 유전자는 적자생존의 자연선택에 대해 알고 있습니다.

그러나 우위를 점하고 부자연스러운 방법으로 승리하기 위해 가장 잔인해집니다.

부자연스러운 과정을 통해 자연을 조작하는 것은 윤리적이지 않습니다.

장기적인 지속가능성을 위해서도 자연스러운 과정을 가속화하는 것은 기발한 발상입니다.

굶주림에 빠진 독수리

인간의 지능으로 인해 동물계가 고통 받고 있습니다.

인공 지능은 부메랑이 되어 프랑켄슈타인을 만들 수 있습니다.

인간은 더 나은 삶을 추구하기 위해 스스로 창조한 노예가 될 수 있습니다.

인공 지능을 가진 로봇은 위험한 칼로 변할 수 있습니다.

거북이처럼 300 년을 살면 인간은 무엇을 할 것인가?

더 많은 자연 파괴와 원치 않는 소음이있을 것입니다.

디지털 가상 세계에서 먹고 시간을 보내는 것만으로는 의미가 없습니다.

차라리 인터넷에서 디지털 데이터로 신호로 죽고 사는 것이 낫습니다.

일부 선진 문명이 신호를 포착하고 해독하면

그들의 연구 개발을 위해 우리의 뇌 데이터가 적합할 수 있습니다.

유전 공학은 인공지능만큼 위험할 수 있습니다.

사소한 부주의로 코로나 19 보다 더 큰 재앙이 인류를 멸망시킬 수 있습니다.

그러나 인간의 뇌와 마음은 상황에 직면하지 않고 멈추지 않을 것입니다.

인간의 마음-뇌는 항상 굶주림 속에서 독수리처럼 날아가는 경향이 있습니다.

나이가 들면서

인생의 여정에서 우리는 점점 더 나이가 들어감에 따라
인생의 폴더에서 많은 것을 지워야 할 필요가 있습니다.
인생의 여정은 최고의 스승이며 우리를 더 현명하게 만듭니다.
그러나 불필요한 짐을 지고 있으면 어깨가 약해집니다.
과거 정보의 대부분은 가치가 없습니다.
따라서 삭제하고 마음을 새로 고치는 것이 좋습니다.
변화된 시나리오에서 우리가 찾아야 할 새로운 것들
사람들에게 비판하기보다는 친절해야합니다.
매일 우리는 죽음을 향해 나아가고있는 것이 현실입니다.
분쟁에 시간과 에너지를 낭비하는 것은 헛된 일입니다.
지혜를 배우지 않으면 경험을 통해
죽을 때 우리는 불모의 왕국을 떠날 것입니다.
우리는 삶의 현실과 여정의 불확실성을 더 빨리 깨닫습니다.
우리는 불필요한 다툼과 여행의 걱정을 피할 수 있습니다.
우리가 늙을 때 미소와 러프가 더 중요합니다.
많은 새로운 가능성, 미소가 쉽게 펼쳐질 수 있습니다.

그렇지 않으면 우리의 이야기는 망각에 빠지고 알려지지 않은 채로 남을 것입니다.

모든 늙고 현명한 사람은 과거와 미래가 없다는 것을 깨닫습니다.

그것을 빨리 깨닫는 사람은 인생의 원치 않는 고문을 피할 수 있습니다.

인공적인 구분은 잊어버리세요

우리가 외로운 행성에 살고 있는지, 다중 우주에 살고 있는지는 중요하지 않습니다.

수십억 년 동안 이 행성에서 생명체가 출현하고 번성했습니다.

문명이 생겨났고 문명은 자신들의 실수로 사라졌습니다.

그러나 지금은 지구 온난화로 인해 지구 전체가 고통 받고 있습니다.

최고 동물이 빨리 깨닫지 못하면 모든 것이 무너질 것입니다.

정확한 과정과 운명의 날은 아무도 예측할 수 없습니다.

우리가 마음에서 느끼고 행동하지 않으면 더 빨리 홀로 코스트가 될 것입니다.

다중 우주 행성 탐색과 함께 산불 진화가 중요합니다.

환경 붕괴가 급속히 진행되면 기술은 무력화 될 것입니다.

먼 지평선을 바라보며 인류는 가장 가까운 비전을 잃지 않아야 합니다.

지구를 구하려면 인간이 만든 분열을 잊고 능동적으로 행동해야 합니다.

클라우드 컴퓨팅이 그를
투명인간으로 만들다

양자 컴퓨터를 통한 클라우드 컴퓨팅

그러나 동일한 지역 공급업체가 배송합니다.

낡고 낡은 배송 밴을 가지고 왔습니다.

포털에서 선불로 물건을 가져가는 것이 재미있다고 느낍니다.

예전에는 스마트하지 않은 휴대폰으로 그에게 전화를 걸곤 했습니다.

우리가 그에게 주문하면 그는 좋은 아침과 미소로 시작합니다.

그는 펜과 연필을 사용하여 품목 목록을 적었습니다.

혼동되는 부분이 있으면 즉시 다시 전화를 걸어 수정했습니다.

이제 그는 클라우드 회사의 취급 및 배송 에이전트일 뿐입니다.

고객과의 소통과 조화가 사라졌습니다.

기술은 그를 로봇과 같은 배달 기계로 만들었습니다.

오래된 고객과 방문자에게 그는 보이지 않는 연결고리일 뿐입니다.

우리는 가상입니다

우리는 실재가 아닌 가상의 존재입니다.

우리가 보고, 느끼고, 듣는 것은 모두 3차원 홀로그램입니다.

씨앗과 정자에는 정보와 데이터만 저장됩니다.

모든 것은 양자 입자에 의해 한 기간 동안 프로그래밍됩니다.

우리의 감각은 양성자, 중성자 또는 전자를 보도록 프로그램되어 있지 않습니다.

우리의 기관도 공기, 박테리아 및 바이러스를 보도록 프로그램되어 있지 않습니다.

우리의 장기를 통해 느낄 수 없는 것은 존재하지만 가상에 불과합니다.

무한한 우주에서 우리는 또한 실재가 아니라 다른 사람들에게 가상에 불과합니다.

홀로그램은 우리가 진짜라고 생각할 정도로 완벽하게 프로그래밍되어 있습니다.

또한 우리는 미지의 플레이어와 가상 게임을 할 때 느낍니다.

우리 삶의 가상 현실은 우리에게 실제 현실입니다.

홀로그램에 부여된 제한된 지능은 정확합니다.

인간의 지능이 우주를 펼치려면 수십억 년이 걸릴 것입니다.

그때쯤이면 우주는 역으로 여행을 시작할지도 모릅니다.

삶의 의식

생명의 의식은 DNA, 교육, 신념, 경험의 조합입니다.

인간의 의식은 인간에게 높은 지능과 호기심을 부여합니다.

동물계는 생존을 위해 같은 수준의 지능과 활동을 고집합니다.

박테리아와 바이러스에 의한 질병으로부터 동물을 구하기 위해 인간의 활동이 있습니다.

동물은 자연적인 질병과 죽음의 과정에 더 취약합니다.

자연 면역과 증식을 통해서만 동물 종은 살아남습니다.

지구상에서 한 번 멸종한 종은 자동으로 부활한 적이 없습니다.

인간이 어떻게 그리고 왜 높은 의식을 갖게 되었는지 아무도 모름

교육, 훈련, 호기심 덕분에 인류 문명이 발전할 수 있었습니다.

개미와 꿀벌은 5천 년 전의 모습을 그대로 간직하고 있습니다.

개미와 꿀벌의 규율, 헌신, 사회적 성실성은 인간이 따르려고 노력합니다.

모든 생명체의 의식은 다양하고 독특합니다.

이러한 생명체의 다양성은 양자 얽힘을 통해 통합될 수 있습니다.

종교는 모든 것이 신과 얽혀 있다고 믿습니다.

얽힘을 초의식의 일부로 받아들이기 위해 과학은 기분이 좋지 않습니다.

고양이가 살아서 나왔다

고양이는 상자에서 살아서 건강하게 나왔습니다.

행사에 참석한 과학자들은 연신 박수를 보냈습니다.

너무 많은 사람들이 박수를 치는 것을 본 고양이는 갑자기 사라졌습니다.

고양이와 방사성 물질의 반감기가 고양이를 구했습니다.

불확실성 원칙은 생명을 구하는 데 효과가 있었습니다.

하나님이 고양이의 생명을 구할 확률은 오십오 분의 일입니다.

그 자체도 하이젠베르크의 불확실성 원리입니다.

스티븐 호킹은 신이 세상을 창조하는 데 역할이 없을 수도 있다고 말했습니다.

그러나 삶과 사건의 불확실성, 신의 존재, 인간의 마음이 펼쳐집니다.

우리가 고양이를 가둬놓고 그의 미래를 완벽하게 예측하지 않는 한

과학은 신과 자연의 불확실성을 가둘 수 없습니다.

큰 장벽

집중은 생존을 위한 기본 본능
사냥꾼은 집중력 없이는 사냥감을 죽일 수 없습니다.
크리켓 선수들은 공과 방망이에 집중합니다.
공과 네트에 집중하는 축구 선수
일상 생활에서 집중은 어려운 일이 아닙니다.
예술을 마스터하는 사람들은 빠르게 발전합니다.
어린 소년은 아름다운 소녀에게 쉽게 집중할 수 있습니다.
그러나 미분 방정식을 유도하는 것은 어렵습니다.
수학의 숙달을 위해서는 집중이 해결책입니다.
초점은 햇빛을 집중시켜 종이에 불을 붙일 수 있습니다.
연습은 집중력을 완벽하게 만들고 결과를 더 똑똑하게 만듭니다.
인생에서 집중하고 집중할 수 없다는 것은 큰 장벽입니다.

인생은 장미의 침대는 아니지만 햇빛은 있습니다.

우리는 인생이 장미꽃밭이 되기를 꿈꾸고, 희망하고, 기대합니다.

우리가 나아가는 길은 매끄럽고 황금빛이어야 합니다.

그러나 현실은 완전히 다르고 복잡하며 환상입니다.

우리의 존재는 원자의 불안정성 때문입니다.

분자가 되기 위해 결합하는 순간마다

불확실성은 모든 걸음걸이에 내재된 우리 삶의 일부입니다.

장미의 침대는 동화 속에서만 가능합니다.

우리의 삶은 울퉁불퉁한 길에서 움직일 수밖에 없습니다.

가장 부적절한시기에 빨간불이 커질 수 있습니다.

우리가 서두르려고하면 알 수없는 힘이 벌금을 부과 할 것입니다.

인생의 불확실성 속에서도 햇빛이 있습니다.

인생의 여정은 기회와 성공으로 가득 차 있으겨, 당신의 능력이 결정합니다.

최고 동물

평행 우주에서의 삶은 어떻게 될 것인가가 큰 문제입니다.

인간이 순간이동을 할 수 없다면, 완벽한 해결책은 없습니다.

지금까지 말레이시아 항공기 실종자의 정확한 위치를 찾지 못했습니다.

외계 행성을 방문하지 않고 정확한 생명체에 대해 말하는 것은 옳지 않습니다.

과학자들이 말하는 것은 우리가 그들을 방문 할 때까지 최면으로 남아있을 것입니다.

그들의 삶과 물리적 인 것들을 지배하는 데는 다른 영역이있을 수 있습니다.

물론, 그들은 머리 위를 걷고 똥구멍을 통해 먹지 않을 수도 있습니다.

평행우주의 진보된 생명체들은 어떤 액체 속에 살지도 모른다.

어린이 이야기의 인어 생명체가 그곳을 지배 할 수 있습니다.

신호를 통해 지구의 모든 것을 알 수있는 기회는 드뭅니다.

우리가 무한한 우주의 구석구석을 탐험하지 않는 한

인간이 우주의 지배자라고 주장하는 것은 이끼 같은 가설에 불과합니다.

O" 과학자 여러분, 과학자 여러분

우주는 아름답게 짜여져 있고 완벽합니다.

삶과 죽음은 그 아름다운 순환의 일부입니다.

유전공학으로 인간을 불멸의 존재로 만들지 마세요.

이미 인간은 지구의 생태적 균형을 파괴했습니다.

생명체의 생물다양성은 분리할 수 없는 부분입니다.

수십억 년의 시간이 흐르면서 진화의 속도가 매우 느렸다.

공룡 등의 멸종을 통해

외로운 지구에서 인류의 삶은 이제 번성하고 있습니다.

유전학과 인공 지능을 통한 불멸의 삶 이전

암과 유전병의 치료가 더 중요해졌습니다.

수천 년 전 현자들은 불멸을 시도했습니다.

그러나 그 위험과 무익함을 깨닫고 시도를 포기했습니다.

인간이 불멸이된다면 다른 삶은 어떻게 될까요?

애완 동물의 죽음에 대한 빈번한 트라우마는 똑같이 고통스러울 것입니다.

장기적으로 마음을 바꾸지 않으면 불멸은 해로울 것입니다.

인간의 감정과 양자 물리학

사랑과 믿음은 논리를 따르지 않습니다

인간의 삶에서 둘 다 기본입니다.

우리 삶에서 음악은 매우 중요합니다.

유전자를 통한 감각은 내재적입니다.

그러나 생명에 있어 원자의 조합은 유기적입니다.

기본 입자가 실제로 기본이라는 것은 논쟁의 여지가 있습니다.

끈 이론은 진동이 실제의 형태라고 말합니다.

양자 얽힘은 정말 무서운 것입니다.

양자역학이 가져온 새로운 가능성

그러나 인간의 감정과 의식, 우리는 다르게 노래합니다.

독창성과 의식은 어떻게 될까요?

이 세상에서 나는 어떤 목적이나 이유도 없을 수 있습니다.

가상의 감옥에서 가상의 삶을 살고 있을지도 모릅니다.

하지만 나에게는 나만의 의식과 독창성이 있습니다.

이미 인공지능은 내 사고 과정을 침해했습니다.

내 사고의 독창성에는 정체와 휴식이 있습니다.

내 지능과 의식이 종속되면

나는 확실히 의식적인 좌표로서의 위치를 잃을 것입니다.

이미 목적이없고 방향이없는 행성에서 사는 것에 지쳤습니다.

과학이나 철학은 우리가 왜 어떤 목적으로 왔는지 설명 할 수 없습니다.

임의의 비전, 사명 및 목적, 우리는 가정해야합니다.

인공 지능과 불멸로 인해 이것들도 쓸모가 없을 것입니다.

생명이 연약해지지 않는다면 삶의 정의는 무엇일까요?

우주의 확장이 끝날 때

우주의 팽창은 무한히 계속될까요?

아니면 어느 날 갑자기 더 이상 팽창을 멈출까요?

시간은 앞으로 나아가는 움직임을 잃고 정지할까요?

또는 운동량 때문에 반대 방향으로 반전되기 시작합니다.

인간을위한 행성 지구에서의 삶은 얼마나 재미있을 것입니다.

사람들은 화장터에서 노인으로 태어날 것입니다.

불에서 그들은 가족과 친구들의 인사를받을 것입니다.

슬픔의 장소 대신 묘지는 축하의 장소가 될 것입니다.

천천히 노인들은 점점 더 젊어 질 것입니다.

다시, 언젠가 그들은 정자가되어 어머니의 자궁에서 영원히 사라질 것입니다.

모든 행성과 별이 다시 특이점으로 합쳐질 것입니다.

그러나 그때는 모든 핵심을 설명 할 물리학도 시간도 없을 것입니다.

리엔지니어링

자연은 끊임없는 엔지니어링과 재엔지니어링을 수행합니다.

이것은 창조와 자연에 내재된 과정입니다.

진화의 과정에서도 더 나은 종으로 진화하기 위해서는 리엔지니어링이 필수적입니다.

리엔지니어링 없이는 최그의 제품이 나올 수 없습니다.

따라서 발전과 최고의 개발을 위해서는 리엔지니어링은 필수입니다.

인간의 뇌도 사고 과정에서 지속적인 리엔지니어링을 수행합니다.

우리는 진리가 확립되면 배우고, 잊어버리고, 다시 학습합니다.

최고를 만들거나 진리를 찾을 때까지 리엔지니어링은 계속됩니다.

이러한 방식으로 자연은 최고의 동적 평형을 달성합니다.

리엔지니어링과 진화는 진자처럼 끊임없이 이어집니다.

신의 입자, 힉스 입자

힉스 입자가 발견되었을 때 과학계는 너무 흥분했습니다.

그러나 세상에는 여전히 하나님과 그의 사자들이 남아 있습니다.

여전히 사람들은 신과 선지자를 무한히 믿고 신뢰합니다;

기본 입자는 태초부터 그 자리에 있었습니다.

따라서 신자들에게는 힉스 입자의 발견에 관계없이 모든 것이 동일합니다.

세계대전과 나가사키 원폭에 대해 신자는 그것이 하나님의 영원한 게임이라고 생각한다.

불신자는 신이 있든 없든 폭탄은 화염을 일으켰을 것이라고 주장한다.

세계 대전과 파괴는 인간의 자존심과 태도에 책임이 있습니다.

신자들은 세계 각지에서 신에게 수많은 이름을 붙였습니다.

하지만 힉스 입자, 단 하나의 이름으로 과학자들이 펼칩니다.

노인과 양자 얽힘

악어나 고질라, 아나콘다가 아닌 물고기였으니 입자 여러분, 감사합니다.

양자 확률과 얽힘에 따라 가능했을 것입니다.

불확정성 원리에 따르면 노인은 배에 갇혔을 겁니다.

그의 배는 불확실성 속에서 생존하기에는 너무 작고 연약했습니다.

헤밍웨이의 소설은 물고기와 그의 창의성을 인정받아 상을 받았습니다.

그러나 불확실성과 양자 얽힘은 수상자를 죽음으로 몰아넣었습니다.

신의 입자 발견 이후에도 이 행성에서 죽음은 궁극적인 진리입니다.

중력과 상대성 이론조차 알지 못한 채 사라진 문명들

사람들은 이제 얽힘을 알지 못한 채 조용히 양자 장치를 사용하고 있습니다.

지식 수준, 아는 것과 모르는 것이 문명의 차이입니다.

반쪽짜리 지식과 생체 지능도 인류를 멸망으로 이끌 수 있습니다.

사람들은 무엇을 할까요?

지구상에 80억 명이 넘는 호모 사피엔스가 필요할까요?

이미 제3세계 국가에는 반문맹 인구가 넘쳐나고 있습니다.

아시아 도시에서 걷거나 자전거를 타거나 운전하거나 편안하게 이동할 수 있는 사람은 아무도 없습니다.

가진 자와 못 가진 자의 격차는 나날이 커지고 있습니다.

종교의 이름으로 젊은 노동력을 창출하고 피임은 하지 않습니다.

실업과 실망과 좌절이 도처에 널려 있습니다.

디지털 격차로 인해 비인간적인 환경에 내몰린 일부 계층

소외 계층에게 삶은 운명을 의미하며 신에게 자비를 구하는 기도입니다.

절망에 빠진 젊은이들의 자살 증가가 최고조에 달하고 있습니다.

이제 인공 지능으로 인해 점점 더 많은 일자리가 사라지고 있습니다.

농업에서도 사람들은 더 나은 미래에 대한 희망을 서서히 잃어가고 있습니다.

유휴인력과 실업자들이 세상에서 무엇을 할 것인가를 묻는 것은 불공평하지 않습니다.

공간-시간

시간은 상대적이며, 이미 확립된 사실이자 현실입니다.

공간은 무한하며, 우주는 아무런 저항 없이 팽창하고 있습니다.

시공간 관계에서 중력도 중요합니다,

빛의 속도는 시간의 장벽이며, 그 속도에서는 시간이 멈출 수 있습니다.

시공간, 물질-에너지, 중력-전자기라는 전체 가념이 탈선할 수 있습니다,

뉴턴에서 아인슈타인으로 이어지는 물리학의 큰 도약이었습니다.

양자 얽힘은 이제 많은 것 본을 바꿉니다,

시간 여행과 순간 이동은 더 이상 공상 과학 소설의 이야기가 아닙니다.

인공 지능은 곧 새로운 방향으로 이러한 일들을 실현할 것입니다.

사람들은 곧 휴가 기간 동안 시간 여행을 통해 예수님과 부처님을 만날 수 있습니다.

불안정한 우주

빅뱅 후, 기본 입자가 교반됩니다.

폭발로 인한 에너지로 가득 찬 입자들은 흥분합니다.

초기 입자는 불안정하고 오래 살아남지 못합니다.

그래서 양성자, 중성자, 전자가 합쳐져서

그들은 함께 원자로 이루어진 미니 태양계를 만들어 안정적으로 되었습니다.

하지만 안정성을 유지하기 위해 새로 형성된 대부분의 원자는

원자들은 서로 다른 비율로 결합하여 분자가 되었습니다.

물질과 함께 태양계는 동적으로 안정되었습니다.

원자가 생체 분자를 형성하는 데는 수백만 년이 걸렸습니다.

탄소, 수소, 산소, 질소, 철은 생물학적 생명을 가능하게 했습니다.

그러나 우리는 실제로 원자 또는 진동파의 조합인지 확실하지 않습니다.

기본 입자는 실제로는 신의 끈의 진동일 수 있습니다.

상대성 이론

상대성 이론은 은하가 생성될 당시 자연의 속성입니다.

빅뱅 이전과 그 이후에도 상대성 이론은 항상 존재했습니다.

우주와 현실에서 절대적이고 불변하는 것은 없습니다.

과학, 철학, 심리학의 이론은 때때로 일치하지 않습니다.

현실과 상대성이 존재하려면 관찰자가 중요합니다.

사람들은 오래전부터 비수학적 형식으로 상다성 이론을 알고 있었습니다.

만지지 않고 직선을 단축하는 이야기는 젋지 않습니다.

종교 텍스트와 철학은 상대성 이론을 다르게 설명했습니다.

아인슈타인은 방정식을 통해 수학적으로 인류와 과학을 위해 그것을 넣었습니다.

삶, 죽음, 현재, 과거, 미래는 모두 상대적이며 인간의 본능에 의해 알려져 있습니다.

인간의 두뇌와 문명에 다한 상대성 개념은 기본 요소입니다.

시간이란 무엇인가요?

시간은 인간의 삶의 영역에 실제로 존재할까요?

아니면 현실을 이해하기 위한 인간의 뇌가 만들어낸 착각에 불과할까요?

빛의 속도로 움직이는 시간의 화살표가 있을까요?

아니면 과거, 현재, 미래는 존재를 설명하기 위한 개념일 뿐일까요?

우주에는 균일한 시간이 존재하지 않으며 모든 시간은 상대적이다.

물질과 에너지는 진정한 의미에서 나타나는 현실일 뿐이다.

시간, 영혼, 신의 존재에 대한 의심은 항상 존재한다.

시간 측정은 길이와 무게의 단위처럼 임의적일 수 있습니다.

과거에서 현재, 미래로 이어지는 시간의 화살표가 옳지 않을 수 있습니다.

시간은 물질-에너지 변환, 성장 및 붕괴를 측정하는 단위일 수 있습니다.

시간이란 무엇인가, 학식을 갖춘 과학자들도 확신을 가지고 말할 수 없습니다.

크게 생각하기

사람들은 크게 생각하고, 크게 생각하면 크게 될 것이라고 말합니다.

하지만 크게 생각하고 또 생각하면 나는 놀랍도록 작아진다.

상대주의 세계에서는 내 존재가 하찮아진다.

나는 내 지역에서도 보잘 것 없는 것이 삶의 현실입니다.

내 마을, 내 지역구, 내 주, 내 나라에서 하찮음이 증가합니다.

세계 차원에서 보면 내 존재는 아무것도 아닌 것이 된다.

태양계, 은하계, 은하수, 우주에서 내가 무엇인지, 답이 없습니다.

유일한 현실은 내가 살아있고 오늘 가족과 함께 집에 존재한다는 것입니다.

세상이나 인류에게 아무런 가치도, 의미도, 필요성도 없다.

인생이라는 단방향의 헛된 여정, 나만의 방식으로 찾아야합니다.

내가 여행을 마치면 사람들은 내 몸 위로 계속 움직일 것입니다.

우리는 너무 작고 80억 중에 보이지 않아서 자랑스럽게 말할 수 있습니다.

자연은 스스로의 진화 과정에 대한 대가를 치렀습니다.

자연은 진화의 과정에서 엄청난 대가를 치렀습니다.

동물에게 호모 사피엔스가 등장하기 전까지는 모든 것이 환상이었습니다.

나무, 살아있는 왕국은 아무런 해결책도 찾지 않고 행복하게 살았습니다.

충분한 음식, 좋은 물과 공기를 얻는 것이 그들의 만족이었습니다.

그 과정에서 생태적 균형이 중요했고 금전적 거래는 없었습니다;

진화의 과정에서 인간의 등장은 모든 것을 변화시켰습니다.

자연은 핵심을 보존하고 균형을 맞추기 위해 매 순간 고군분투해야 합니다.

인간은 편안함을 위해 언덕, 강, 만, 해변, 해안선을 변경했습니다.

그러나 대자연이 진화의 균형을 유지하도록 결코 지원하지 마십시오.

문명과 진보의 이름으로 자연의 모든 것, 인간은 왜곡합니다.

지구의 날

지구가 아름다운 이유는 탄소, 수소, 산소로 이루어져 있기 때문이 아닙니다.

지구가 아름다운 이유는 자연의 진화와 지능 때문입니다.

작은 원자로부터 생명의 창조는 여전히 큰 미스터리입니다.

생명은 이 은하계 행성에서만 일어나는 현상인지 아무도 모릅니다.

아니면 생명체가 다른 행성에서 이 행성으로 유전적으로 건너온 것일까요?

생명의 아름다움은 다양성과 생태계에 있습니다.

인간에 의한 깨지기 쉬운 균형의 파괴는 눈에 띄고 드물지 않습니다.

인간은 지능의 미덕으로 지구가 자신의 영토라고 생각합니다.

다른 종과의 공존을 위해 호모 사피엔스는 지혜가 없습니다.

몇 시간 동안 지구의 날을 기념하는 것은 인간의 눈요기이며 무작위로 행동합니다.

세계 책의 날

인쇄기는 획기적인 발명품이었습니다.

컴퓨터, 스마트폰, 인터넷만큼이나 큰 영향력을 발휘했습니다.

지식의 확산을 통해 문명의 흐름을 바꾼 인쇄술

책은 현대의 인터넷과 같은 매개체였습니다.

책은 태양 광선처럼 지식을 전파하는 데 중요한 역할을 했습니다;

새로운 기술의 책에 대한 엄청난 압박이 있습니다.

그러나 책은 모든 시청각 매체의 공세를 견뎌내고 있습니다.

21 세기에도 책은 소유의 프리미엄입니다.

책의 중요성은 디지털 포맷과 인공지능에 밀릴 수 있습니다.

하지만 문명과 지식의 발전 속에서도 책은 여전히 그 자리를 지킬 것입니다.

전환기에도 행복하게 살자

태양이 어두워지고 핵융합이 영원히 끝날 때

인공 지능 존재가 지구에서 할 일

그들의 부패와 몰락도 자동으로 시작될 것입니다.

인공지능 생명체는 태양 에너지 없이 어떻게 배터리를 충전할까요?

작은 충전을 위해 그들은 길거리 개처럼 달리고 배고플 것입니다.

인간은 태양이 어두워지기 훨씬 전에 멸종할지도 모릅니다.

AI 생명체 혼자서 이 현상을 직시하고 재미있게 만들어야 합니다;

태양이 어두워지기 전에 큰 소행성이 지구에 충돌하면

인간, AI, 모든 생명체가 함께 멸망할 것입니다.

소행성 충돌 후 AI 생물의 생존도 요원합니다.

자연은 자신의 과정을 통해 다시 의지 할 것입니다.

진화를 통해 새로운 생명체가 다시 등장할 것이다.

더 나은 새로운 세상을 위해, 그것이 자연의 최선의 해결책이 될 것입니다.

그런 일이 일어날 때까지 우리는 그 변화를 즐기고 행복해합시다.

관찰자의 역할이 중요합니다

양자 얽힘에서는 관찰자가 가장 중요합니다.

이중 슬릿 실험은 전자를 관찰하면 전자가 다르게 행동한다는 것을 보여주었습니다.

상대론과 양자의 세계에서는 관찰자가 없으면 사건의 의미가 없습니다.

그러니 관찰자가 되어 존재와 실재를 느껴라, 나는 나를 위한 중심이다.

종과 나무를 먹는 곤충도 마찬가지입니다.

내 의식이 없으면 우주의 존재 여부는 중요하지 않습니다.

의식이없는 사람은 살아 있어도 우리가 시험 할 수있는 의미있는 것은 없습니다.

양자 얽힘의 이유, 지금까지 어떤 과학자도 설명 할 수 없습니다.

하지만 우주와 우주의 모든 것은 보이지 않는 사슬로 얽혀있다.

중력, 전자기, 핵력, 물질 에너지의 통일은 신의 두뇌일 수 있습니다.

충분한 시간

예수님, 솔로몬 왕, 알렉산더는 충분한 시간을 가졌습니다.

그들은 그 시간 동안 많은 것을 성취하고 제 시간에 발자취를 남겼습니다.

대부분의 사람들은 속도 경쟁에 너무 바빠서 시간이 없습니다.

어떤 사람들은 자신이 불멸의 존재이며 미래에 큰 일을 할 것이라고 생각합니다.

무한한 시간이 특이한 성질을 가지고 있다는 것을 아는 사람은 극소수에 불과합니다.

과학은 또한 때때로 시간이 실제로 무엇인지 도는 실제로 움직이는지 당황합니다.

또는 다른 차원을 흐르지 않고 중력과 같습니다.

공간, 시간, 물질 및 에너지가 모두 중요하지만 시간은 무료입니다.

하지만 도시에서 작은 아파트를 사려면 엄청난 비용을 지불해야 합니다.

당신은 이미 비베카난다, 모차르트, 라마누잔 또는 브루스 리가 될 시간이 있습니다.

외로움은 항상 나쁜 것은 아닙니다.

때때로 우리는 외로움 속에서 더 깊은 생각을 할 수 있습니다.

마음의 청결에 집중하는 데 도움이 됩니다.

원치 않는 군중으로 인해 마음이 졸음을 느낍니다.

그러나 어떤 사람들에게는 외로움이 게으름을 가져올 수도 있습니다.

일부에게는 시야를 흐릿하게 만들 수도 있습니다;

외로움을 성찰의 도구로 활용하기

외로움은 명상에도 필요합니다.

집중하면 골치 아픈 문제를 해결할 수 있습니다.

혼자있는 동안 약물이나 진정제를 시도하지 마십시오.

오히려 친구와 외출하는 것이 더 나은 약물입니다.

집중력과 새로운 방향을 위해 외로움을 활용하세요.

나 대 인공지능

내가 아는 것은 모두 나의 기본 지식이 아니다.

나는 알파벳이나 숫자를 발명하지 않았다.

내가 아는 언어는 내 뇌 기능에 의해 만들어진 것이 아니다.

불, 바퀴 또는 컴퓨터도 내 발명품이 아닙니다

내가 습득한 모든 것은 다른 사람들로부터 온 것이다.

사교성도 아버지, 어머니 및 친척에게서 가져온 것입니다.

내 뇌는 컴퓨터의 하드 디스크처럼 정보를 저장할 뿐입니다.

나와 인공지능 지식 사이에는 아주 미세한 차이가 있을 뿐이다.

유일한 차이점은 나의 의식과 독창성입니다.

그리고 끊임없는 긍정을 통해 얻은 지혜입니다.

윤리적 질문

진보의 기로에서 우리는 항상 윤리에 대한 질문을 던졌습니다.

낙태든 시험관 아기든 새 생명에 대한 광대놀음이든 말이죠.

사소한 이유로 전쟁에서 사람을 죽여도 윤리적 문제가 없었습니다.

종교의 이름으로 수천 명을 학살해도 윤리적 문제가 없습니다.

그러나 획기적인 과학 및 기술 발전에는 윤리가 따릅니다.

모순과 비윤리적 행위로 인해 모든 종교는 멍청하다.

컴퓨터, 로봇, 인터넷은 노동력을 위협하는 것으로 간주되었습니다.

그러나 결국 이 모든 것이 더 빠른 개발과 효율성을 위한 도구가 되었습니다.

인공 지능과 유전학을 통한 불멸에 대한 의문이 제기되고 있습니다.

23 년 후, 모든 사람들은 인공 지능이 불건전하지 않다고 말할 것입니다.

모름

나는 왜 움직이는지도 모른 채 점점 더 빠르게 움직이고 있습니다.

나는 매 순간 노화되고 날마다 죽어 가고 있다는 것만 알고 있습니다.

나는 알지 못하고 어디에서 왔는지 모르고 지금 가고 있습니다.

블랙 박스 안에는 지식과 정보가 제한되어 있습니다.

상자 밖에서는 실제로 무슨 일이 일어나고 있는지 아무도 모릅니다.

과학도 종교도 결정적인 증거가 없습니다.

하지만 생명의 기본 본능은 나를 점점 더 빠르게 움직이게 한다.

여정은 사전 예고 없이 언제든 멈출 수 있습니다.

아니면 70 년, 80 년, 100 년 동안 계속 나아가야 할지도 모른다.

그러나 마지막에는 외로운 묘지에서 여행이 끝날 것입니다.

쥐 경주에서 내가 최고였다는 걸 알아

전 최고의 수영 선수였고, 바다를 건넜어요.

수백만 명의 선수들 중 가장 강하고 강력한 선수였죠

그래서 오늘, 경주하는 사람들의 기준에서 나는 성공했습니다.

내가 이 세상에 빛을 보기 전부터 쥐새끼 경주는 시작됐어.

그렇기 때문에 쥐새끼 경주는 일반적으로 인간과 연결되어 있습니다.

쥐 경주에서 벗어난 사람은 대담하게 생각하지 않습니다.

쥐 경주 승자의 성공 사례, 사람들은 자랑스럽게 이야기합니다.

그러나 부처님과 예수님처럼 다른 이야기는 거의 없습니다.

그렇기 때문에 그들은 다른 계급의 초인적 존재입니다.

그들은 인류의 메시아이자 쥐 경주 대중의 구세주입니다.

미래 만들기

아무도 내 미래를 만들어주지 않습니다.
내가 오늘 일을 통해 만들어야 합니다.
미래는 불확실하고 예측할 수 없지만
내일의 기반을 만드는 것은 간단합니다.
오늘 우리의 사명과 목표를 위해 열심히 일한다면
내일은 더 많은 기회가 찾아옵니다
내일은 항상 연속성이 필요하다
스스로를 돕는 사람은 가상이 아닙니다.
미래가 오면, 당신은 느낄 것입니다, 그것은 현실입니다.
그러니 오늘은 재미와 열정으로 미래를 창조하세요.

무시된 차원

생명체로서 우리는 빛, 소리, 열에 더 관심이 많습니다.

전자기, 중력, 강하고 약한 핵력에 대해서는 덜 신경을 씁니다.

사람들은 태양이 에너지의 주요 원천이기 때문에 태양에게 기도합니다.

강과 비의 신을 숭배하는 사람들은 물질의 중요성을 보여줍니다.

그러나 모든 차원 중에서 공간과 시간은 여전히 평평합니다.

근본적인 네 가지 힘은 원시인들이 이해할 수 없었습니다.

그렇지 않았다면 그들의 예배와 기도는 더 적절하고 더 좋았을 것입니다.

대부분의 문화권에는 물질과 에너지의 신과 여신이 존재합니다.

그러나 가장 중요한 차원 인 공간과 시간에 대한 신이나 여신은 없습니다.

생명체의 존재에 있어서는 두 차원이 모두 중요하지만 말입니다.

우리는 기억합니다

우리는 인생의 모든 나쁜 사건을 기억합니다

이 문제에서 인간은 더 낫고 전문가입니다.

우리의 좋은 자질과 미덕을 알아차리는 사람은 거의 없습니다.

우리 자신조차도 우리의 좋은 기억을 잊었습니다.

기억은 오래된 비극을 회상하는 데 더 바쁩니다.

사람들은 또한 질투심 때문에 다른 사람을 감사하지 않습니다.

따라서 성공한 이웃을 알고 배우기 위해 호기심이 없습니다.

그러나 다른 사람들의 실수로 우리는 기뻐했습니다.

나쁜 소식은 매우 빠르고 행복하게 사람들이 배포되었습니다.

다른 사람들의 자질을 험담하는 사람을 보지 못했습니다.

인간의 마음은 항상 과거의 불일치를 되찾기 위해 항상 경향이 있습니다.

나쁜 일과 나쁜 기억을 놓아주는 것은 어려운 일입니다.

행복, 평화와 성공을 위해 나쁜 기억을 지우는 것은 반드시해야합니다.

자유 의지

의식적인 마음과 자유 의지로 행동하더라도
결과나 결과는 불확실하고 원하는 대로 되지 않을 수
있습니다.

그렇기 때문에 힌두교에서는 일의 결실을 기대하지 말라고
말합니다.

자유 의지로 헌신적으로 효율적으로 수행하십시오.

특정 결과를 기대하면 자유 의지의 결심이 희석됩니다;

나무를 심기 전에 열매에 대한 유혹이있을 수 있습니다.

그러나 심으려는 의지와 욕망은 의식적이고
자유로워야합니다.

묘목을 파괴 할 수 있는 폭풍에 대해 너무 많이 생각하면

자신의 불확실한 삶을 고려할 때, 당신의 마음은 파기를
멈추기 위해 앉아있을 것입니다.

심지어 자유 의지도 숨어있는 불확실성의 지배를받습니다.

때때로 우리는 그것을 운명이라고 부르고 때로는 운명이라고
부릅니다.

그러나 행동과 노력이 없으면 패배를 확실하게 받아들입니다.

내일은 희망일 뿐

내일 무슨 일이 일어날지 아무도 모릅니다

내가 살아있지 않다면 슬픔을 표현하는 얼굴은 거의 없을 것입니다.

다른 사람들은 편히 쉬라고 말할 것입니다.

자신의 피를 제외하고는 아무도 그리워하지 않을 것입니다.

삶의 현실은 매우 간단하고 명확합니다.

죽고 작별 인사를 하는 것은 두려워하지 마십시오.

인생의 마지막 선물은 부가 아니라 죽음입니다.

언젠가 내 모든 친구와 아는 사람이 죽을 것입니다.

그들을 영원히 구하기 위해 헛된 것은 당신의 시도가 될 것입니다.

출생 당시 진실을 알고 아이가 울었습니다.

이벤트 호라이즌의 탄생과 죽음

내 생일은 은하계에 대해 말하지 않는 세상의 이벤트가 아니었다.

부처님, 예수님, 무함마드도 태어날 때 사건이 아니었습니다.

나의 죽음도 나의 탄생만큼이나 중요하지 않을 것입니다.

아삼, 인도, 아시아도 멈추지 않을 것이며 미국도 느려지지 않을 것입니다.

다이애나와 영국 왕실의 죽음에도 세계는 평소처럼 움직입니다.

나의 탄생에 대한 후회도 죽음에 대한 후회도 없을 것입니다.

바다의 파도처럼 우리는 왔고 잠시 후에 간다.

흔적, 발자국은 사랑하는 사람들의 마음 속에만 남아 있습니다.

그 관찰자들도 떠나는 곳, 사건의 지평선에는 존재하지 않습니다.

양자 및 평행 우주가 삶을 더 잘 표현할 수 있기를 바라지 마십시오.

궁극의 게임

빅뱅의 가장 큰 소리와 가장 밝은 빛을 들었습니다.

그것은 새로운 생경의 시작, 우는 아이의 탄생이었습니다.

이중 슬릿 실험에서 증명된 것처럼 관찰자의 중요성

관찰자의 존재가 없다면 신생아에게 빅뱅은 적절하지 않습니다.

신생아의 탄생은 엄마에게 빅뱅만큼이나 중요합니다.

'아이는 남자의 아버지'가 오히려 모든 곳에서 더 인기가 있습니다.

빅뱅은 관찰자 없이는 설명 할 수 없었을 것입니다.

모든 이론이나 가설에는 관찰하는 아버지가 있어야합니다.

물질 에너지 변환은 호모 사피엔스가 오기 전에 시작되었고 그 반대도 마찬가지입니다.

한 형태에서 다른 형태로의 전환은 자연의 궁극적인 게임입니다.

시간, 신비한 환상

과거와 미래는 항상 환상에 불과합니다

과거는 시간의 흐름에 따라 희석될 뿐입니다.

미래는 단지 시간의 기대일 뿐

현재는 해결을 위해 우리와 함께합니다.

우리가 행동하지 않는다면 그것은 소리 소문 없이 사라질 것입니다;

우리가 과거를 들여다 볼 때 시간은 추진력이 없습니다.

과거의 영역과 역사는 매우 광대하지만

우리는 미래를 볼 수 없으니 어떻게 추진력이있을 수 있습니까?

현재의 순간은 우리 손에 달려 있으며 항상 최적입니다.

입자 양자를 통해 관찰하는 과거, 현재, 미래.

신은 자기 의지를 거스르지 않는다

국가, 종교의 이름으로 살인하는 것은 범죄나 죄로 간주되지 않습니다.

그렇다면 종교의 이름으로 자신을 죽이는 것이 어떻게 나쁘다고 할 수 있습니까?

자살하는 사람들이 죄가 있다는 증거는 없습니다.

누군가가 고통과 비참함을 없애기 위해 자살하는 것이 유익 할 수 있습니다.

예수님은 십자가에 못 박히 셨을 때 무지한 사람들을 위해기도하셨습니다.

세상을 떠나면 고통과 비참함에서 벗어나면 문제가 없어야합니다.

죽음 이후이 세상은 죽은 자에게 중요하지 않습니다.

때때로 가깝고 사랑하는 사람들이 슬퍼 할 것입니다.

자기 방어를위한 살인이 범죄로 간주되지 않는 경우 고통과 비참함을 방어하기 위해 자신을 죽이는 것은 괜찮을 것입니다.

우리는 편의를 위해 다른 잣대로 죽음을 측정 할 수 없습니다.

성숙한 성인이 자의로 죽는다면 신은 저항할 이유가 없습니다.

좋은 것과 나쁜 것

필요성이 발명의 어머니

모든 발명에는 주의가 필요합니다

걷기와 달리기는 건강에 좋다

체육관을 통해 부를 창출하는 사람들

자전거는 더 빨리 움직이기 위해 문명에 등장했습니다.

사람들은 자전거가 두 바퀴로 움직이는 방식에 놀랐습니다.

짧은 시간 내에 자전거는 경이로움으로 남아 있지 않았습니다.

19세기에는 자전거를 타는 것이 자부심이었습니다.

오늘날 자전거는 가난한 사람들이 타는 것으로 간주됩니다.

자동차와 오토바이에 밀려 자전거는 뒷전으로 밀려났습니다.

그러나 건강한 교통수단으로서 자전거는 여전히 그 자리를 지키고 있습니다.

연료도, 공해도, 주차 공간도 필요 없습니다.

혼잡한 장소에서 자전거는 이제 다시 권장됩니다.

탄소 배출이 전혀 없는 자전거는 인류를 위한 위대한 발명품입니다.

자전거를 더 많이 사용하면 대기 질 개선에 도움이 됩니다.

플라스틱은 가볍고 잘 깨지지 않아서 좋습니다.

그러나 자연에서 플라스틱과 폴리에틸렌은 생분해되지 않습니다.

폴리에틸렌과 플라스틱은 자연 수역을 비참하게 만들었습니다.

바다 동물의 뱃속에서 폴리에틸렌을 발견하는 것은 끔찍합니다.

유리는 좋지만 깨지기 쉽고 휴대하기에는 부피가 큽니다.

플라스틱이 쉽게 기야기를 훔칠 수있는 이유입니다.

패스트푸드는 나쁘지만 폴리에틸렌이 없으면 움직일 수 없습니다.

플라스틱이 없으면 비행기와 자동차 산업은 희망이 없습니다.

폴리텐과 플라스틱은 코로나 19 기간 동안 우리에게 값싼 장갑을 제공했습니다.

그렇지 않았다면 죽음은 다른 기록에 영향을 미쳤을 것입니다.

모든 발명과 발견의 좋은 면과 나쁜 면

신중한 접근과 최적의 사용은 피할 수 없는 필수 요소입니다.

사람들이 선호하는 카테고리는 몇 가지에 불과합니다.

노래를 잘하지 못하면 아무도 당신을 알아볼 수 없습니다.

배우나 공연 예술가가 아니라면 당신은 알려지지 않을 것입니다.

당신이 정치인이 아니라면 사람들은 당신의 좋은 의견을 듣지 않을 것입니다.

당신이 마술사라면 어떤 사람들은 당신을 만나러 갈 것입니다.

당신이 하나님과 종교의 이름으로 사람들을 속여도 당신은 위대합니다.

당신이 내기 한 노력과 정직에 대한 인정이 없습니다.

축구 나 크리켓을 더 잘할 수 있다면 당신은 감사 할 것입니다.

봇 좋은 작가와 시인, 소수의 공부하는 사람들 만 기억합니다.

평생을 사람들을 위해 일 했더라도 거의 중요하지 않습니다.

당신은 벌집의 열심히 일하는 꿀벌처럼 언젠가 죽을 것입니다.

때때로 당신은 인생의 파트너조차도 기억하지 못할 수도 있습니다.

더 나은 내일을 위한 기술

기술은 언제나 더 나은 내일과 미래를 위한 것입니다

종교와 함께 문화를 형성하는 기술

종교, 문화, 기술, 경제는 이제 콜로이드처럼 섞여 있습니다.

기술 없이는 문명의 구조가 너무 약해질 것입니다.

인류의 발전은 더 이상 진전이 불가능할 것입니다.

그러나 기술은 항상 양날의 검입니다.

일부 문장은 우리가 단어를 해석 할 때 좋은 의미 또는 나쁜 의미의 이중 의미를 가지고 있습니다.

총, 다이너마이트, 핵폭탄은 기술이 위험 할 수 있음을 증명했습니다.

통치자들과 왕들은 항상 그것들을 오용하여 분노했습니다.

합리성과 지혜, 인간은 기술을 다루는 법을 배워야 합니다.

그러나 지금까지 인간의 DNA 는 자존심과 다툼의 사고방식을 습득했습니다.

자아, 질투, 탐욕을 충족시키기 위해 기술을 사용하면 문명이 완전히 파괴 될 것입니다.

인공 지능과 자연 지능의 융합

인공 지능과 생물학적 지능의 융합은 위험할 수 있습니다.

미래에 인공지능이 의식을 갖게 되면 인류에게 심각한 결과를 초래할 수 있습니다.

생물 다양성을 위한 자연 지능의 보존은 소중합니다.

인공 지능과 자연 지능의 융합은 진화의 경로를 바꿀 것입니다.

파괴의 과정이 가속화되고 해결책이 없을 것이다;

인공지능은 전쟁, 폭력, 불평등을 근절할 수 없다.

오히려 융합 과정에서 인공 지능은 모든 나쁜 자질을 습득 할 것입니다.

질투, 증오, 자아 및 부정적인 태도를 가진 로봇은 소중하지 않습니다.

서로 다른 AI 클론 간의 충돌의 궁극적 인 결과는 분명합니다.

핵폭탄의 사용은 패권을위한 오늘의 순서가 될 수 있습니다.

법적 역량을 통해 인공 지능과 자연 지능의 융합을 막아주세요.

다른 행성에서

당신의 인생은 60 세에 시작되지만 다른 행성에서 시작됩니다.

당신을 향해, 가족 자석이 약해집니다.

중력이 강해져서 높이 뛸 수 없습니다.

달리면 목이 빨리 건조해집니다.

나무에 올라가서 사과를 뽑으려면 시도해서는 안됩니다.

자력이 약하기 때문에 에너지 요구량이 적습니다.

따라서 음식 섭취량과 고 칼로리 재료가 감소합니다.

귀와 코 고리를 가진 어린 소년을 만날 때

당신의 좋은 옛날 젊은 시절, 당신의 기억이 가져다줍니다.

아무도 당신의 지혜와 좋은 이야기를 기꺼이 듣지 않습니다.

공책에 달콤한 추억을 쓰기 시작합니다.

당신의 페이스북 프로필은 당신의 친구들만 볼 수 있습니다.

당신과 마찬가지로 그들도 같은 트렌드에 직면하고 있기 때문입니다.

당신이 살고있는 행성은 60 세 이후에는 다른 행성이됩니다.

스무 살의 삶과 비교할 수 없으며 동등하지 않습니다.

파괴 본능

파괴 본능으로 가득 찬 구걸하는 인간의 마음으로부터
주변 부족이나 부족을 파괴하고 죽이는 것이 생존
전략이었습니다.

침략군은 항상 최대한의 파괴를 시도했습니다.

그래서 패배한 사람들은 굶주림으로 죽어갔습니다.

전쟁과 살육, 노예제도는 인류 문명의 일부이자 필수
요소였습니다;

이웃보다 더 강해지려는 것은 여전히 흔한 일입니다.

우월감의 콤플렉스는 언제나 전쟁의 독을 내뿜습니다.

인간의 정신은 인공지능을 만들 정도로 발전했지만

그들은 여전히 파괴적인 사고방식을 거부하지 못하고
있습니다.

같은 사고방식, 언젠가 그들의 창조물 AI 가 시도 할 것입니다.

이 지구에서 인류 문명은 영원히 사라질 것입니다.

뚱뚱한 사람은 젊게 죽는다

스모 선수는 덩치가 커서 오래 살지 못합니다.

빅스타도 무겁기 때문에 오래 살 수 없습니다.

그들은 안쪽으로 끌어당기는 자체 중력으로 인해 붕괴합니다.

중력 붕괴로 인해 성간 물질이 핵융합을 일으키게 됩니다.

이제 일부 과학자들은 우주는 환상에 불과하다고 말합니다.

생명체가 왜 그리고 어떤 목적으로 왔는지, 해결책은
없습니다.

신 입자와 신 방정식은 여전히 먼 꿈입니다.

신이 존재하더라도 신을 찾는 것은 매우 희박합니다.

우리의 존재는 단지 확률에 불과하다.

좋은 점은 근본적인 힘은 편파적이지 않다는 것입니다.

멀티태스킹은 치료법이 아닙니다

스마트 폰은 많은 활동을 수행 할 수 있지만 생명체는 아닙니다.

나무는 광합성이라는 한 가지 일만 할 수 있지만 살아있는 존재입니다.

멀티 태스킹만으로는 누군가 또는 무언가가 우월한 존재가 될 수 없습니다.

나무는 식량과 산소의 유일한 공급원이지만 나무를 벌목하는 것에 대해 저항하지 않습니다.

매년 수백만 그루의 나무가 농업 및 주거 목적으로 벌목되고 있습니다.

그러나 식량을 생산하기 위한 엽록소의 대체 공급원은 과학자들이 제안하지 않았습니다.

세미나와 워크샵에서 나무 절단 문제는 영리하게 처리됩니다.

결과적으로 점점 더 많은 재난, 자연이 천천히 부과됩니다.

스마트 폰이나 인공 지능으로도 줄일 수없는 지구 온난화

파괴 된 숲을 보충하기 위해 점점 더 많은 묘목을 보충하기 위해 인간은 생산해야합니다.

불멸의 남자

동물은 자신이 필멸자라는 것을 깨닫지 못하고 느끼지 못합니다.

그들의 본능은 동물의 본능이며 장기를 만족시키기위한 것입니다.

대부분의 인간도 자신이 필멸자라는 것을 인식하지 못합니다.

그렇기 때문에 사람들은 탐욕스럽고 부패하며 전쟁을 벌입니다.

사회적으로 살아가는 기본 목적은 이제 약해졌습니다.

요즘은 굶주림으로 죽어가는 사람들이 적습니다.

점점 더 많은 사람들이 폭력과 전쟁으로 죽어 가고 있습니다.

마치 기본적인 싸움 본능에 최고의 동물도 항복하는 것처럼

개와 고양이처럼 사람들도 이웃에 대해 편협 해지고 있습니다.

사람들이 그가 필멸자이며 제한된 시간 동안 세상에 있다는 것을 깨닫지 않는 한

그는 항상 이기적이고 탐욕스럽고 그에게 범죄는 괜찮습니다.

갈고리 또는 사기꾼으로 인간은 수천 년 동안 부를 얻으려고 노력합니다.

그는 또한 매우 친애하는 것처럼 육체를 보호하기 위해 매우 많이 노력했습니다.

그가 죽어 가고있을 때, 그 순간에도 대부분의 사람들은 진실을 깨닫지 못합니다.

벌집의 벌처럼 그는 다른 사람들에게 음식을 위해 꿀을 남기고 죽습니다.

이상한 차원

시간 차원은 정말 이상합니다.

상대성 이론 만이 변화 할 수 있습니다.

게으르고 실패한 사람은 시간이 없습니다.

성공한 사람에게는 24 시간이면 충분합니다.

결코 죽지 않을 것이라고 생각하는 사람은 항상 부족합니다.

그러나 오늘 밤 죽을지도 모른다고 생각하는 사람은 그들의 창고에 많은 것을 가지고 있습니다.

시간은 결코 부자와 가난한 사람을 차별하지 않습니다.

계급, 신념, 종교는 시간의 핵심에서 중요하지 않습니다.

모든 사람에게 시간의 속도는 평등하고 동일합니다.

시간에 맞춰 발자국을 남기려면 적시에 게임을 해야 합니다.

삶은 끊임없는 투쟁입니다

인생은 언제나 고난의 연속입니다

우리는 매 순간 어려움에 직면할 수밖에 없습니다.

장애물은 작거나 크거나 끔찍할 수 있습니다.

압박을 받더라도 흔들리지 말고 굳건히 버티세요.

싸움을 멈추면 당신은 잔해가 될 것입니다.

필요한 경우 뒤로 이동하고 드리블하십시오.

다음 순간, 진행 상황을 볼 수 있습니다.

용기를 가지고 모든 문제에 직면하되 겸손하십시오.

자신감이 있으면 문제를 극복 할 수있는 능력이 두 배가됩니다.

인생은 공기 방울처럼 너무 짧다는 것을 잊지 마세요.

더 높이 더 멀리, 현실감 넘치는 비행

하늘 위에서 바라보면

큰 집들은 점점 작아지고

인간은 박테리아처럼 보이지 않게 됩니다.

하지만 인간이 하늘을 날기 시작했을 때의 모습 그대로 존재합니다.

우리는 여전히 강력한 망원경으로 그들을 볼 수 있습니다.

우주선에서 우리의 위치는 상대적일 뿐입니다.

높은 고도에서 사물을 무시하는 것은 마음에 쉽습니다.

마음을 더 높은 수준으로 확장하고 확대하십시 오.

당신이 결코 만나지 않을 작고 사소한 것들

부정적인 사람들은 결코 인사하러 오지 않을 것입니다.

확대되고 강화 된 마음으로 날아갑니다.

그리고 꽃에서 꽃으로 꿀을 모으기 위해 시도하십시오.

장미, 재스민 등의 향기를 즐기십시오.

언젠가, 그렇지 않으면, 당신은 모든 것을 저장하고 죽을 것입니다.

그러니 날고 날아 꿀을 즐기세요, 세상은 당신의 것입니다.

생활 속 대처 방법

인생에서 대처하려면 머리카락이 회색으로 변하는
것만으로는 충분하지 않습니다.

노인들에게 현대 기술은 힘들다

오늘날의 기술은 바로 다음날 구식이됩니다.

다음 달에 무슨 일이 일어날 지 기술자조차 말할 수 없습니다.

인간의 뇌는 데이터를 흡수하고 유지하는 데 한계가 있습니다.

인간의 DNA에 담긴 지식은 진화의 사슬을 통해 전달됩니다.

로봇처럼 인간의 뇌에 지능을 탑재할 수 없음

많은 시간과 인내가 필요하며, 제대로 훈련받기 위해서는
아이가 필요합니다.

인공지능에 의식과 감정이 융합되면

생물학적 개선과 진화의 목적이 없어질 것입니다.

인간의 뇌가 서서히 쇠퇴하고 인류가 퇴화할 수 있습니다.

인간의 삶을 더 편안하게 만들기 위해 인공지능이 최선의
해결책이 아닐 수도 있습니다.

우리는 원자 덩어리일 뿐인가요?

우리는 양성자, 중성자, 전자, 그리고 몇 가지 기본 입자들로 이루어진 덩어리일까요?

바위, 바다, 바다, 구름, 나무 및 기타 동물도 단순히 더미일까요?

그렇다면 왜 일부 더미에는 호흡, 생명, 의식이 주어질까요?

같은 원자의 조합에서 어떤 생명은 무죄하고 어떤 생명은 위험합니다;

신의 입자 또는 이중 슬릿 실험에서 답이 없습니다.

수십억 마일 떨어져 있어도 두 입자가 얽히는 이유와 방법

우리는 원자 조합의 누적 효과만 관찰하고 있는 걸까요?

그러나 여전히 우리는 근본적인 질문에 대해 어둠 속을 걷고 있습니다.

과학이 완벽한 해답을 제시할 때에만 전능자는 우리 안에 갇혀 추방될 수 있습니다.

시간은 존재하지 않는 부패 또는 진보입니다.

시간은 아무것도 아니며 쇠퇴 또는 진보의 연속적인 과정입니다.

시간은 그 자체로 존재하지 않으며, 시간이 소유할 수 있는 것은 아무것도 없습니다.

시간은 과거에서 현재, 미래로 흐르지 않을 수도 있습니다.

그런 식으로 시간을 이해하는 것은 우리 두뇌의 본성입니다.

거북이는 삼백 년이 지나도 과거를 알지 못합니다.

미래를 위해 200 년 된 고래는 결코 계획하거나 신뢰를 구성하지 않습니다.

시간의 측정은 느린 부패 과정을 식별하기 위해 상대적인 과정입니다.

그러나 수백만 년 동안 산과 바다는 굳건히 유지됩니다.

인간의 뇌는 백 20 년 후의 시간을 이해할 수 없다.

시간은 흐르는 것이 아니라 썩어가는 것, 우리 마음은 두려워할 뿐. 오늘은 환호하자.

파라오

이집트의 파라오들은 현명하고 현실적이었습니다.

그들은 언제든 삶이 정적에 빠질 수 있다는 것을 잘 알고 있었습니다.

파라오들은 대관식 직후부터 피라미드를 짓기 시작했습니다.

그들에게 불멸의 존재가 되려는 것은 현실적인 해결책이 아닙니다.

그들은 사랑하는 사람이 기념비를 세울 것이라고 결코 기대하지 않습니다.

일생 동안 자신의 무덤을 건설하는 것이 더 적절합니다.

인도에서도 고대에는 노인들이 죽음을 맞이하기 위해 히말라야에갑니다.

마하바라타 전쟁에서 승리한 후 판다바족도 같은 길을 따랐습니다.

많은 현자들이 불멸의 삶을 살기 위해 다양한 방법을 시도했습니다.

하지만 죽음이 최종적인 진리라는 현실을 깨닫고 이성적으로 행동했습니다.

론리 플래닛

우리가 사랑하는 지구는 태양계에서 외로운 행성입니다.

산소가 있는 거주지와 생물학적 생명체에 적합함

수백만 년의 진화가 의식을 가진 인간을 만들었습니다.

그러나 외로운 행성에서 인간에게는 외로움이 있습니다.

지구상에는 80억 명의 호모 사피엔스가 살고 있을지도 모릅니다.

개인은 부유하고 똑똑해진 후에도 삶에서 외로움을 느낍니다.

우리는 항상 사회적 동물이라고 주장하지만 실제로는 이기심이 게임입니다.

탐욕, 자아, 우월감의 콤플렉스가 우리를 외롭게 만듭니다.

누구나 마지막 여정은 혼자서 해야 한다는 것을 알고 있습니다.

왜 전쟁이 필요한가?

현대에 전쟁이 필요한 이유

공산주의는 이미 거의 죽었다

인종 차별이 줄어들고 있습니다.

자연 오염과 파괴가 최고조에 달하고 있습니다.

기술은 모든 인종과 종교의 사람들을 하나로 묶고 있습니다.

그러나 파괴적인 사고방식으로 인해 문명의 미래는 암울합니다.

전쟁을 부추기는 인간의 DNA, 언제나 선두에 서다

인간의 평화를 만드는 DNA는 너무 약하다.

신도 과학도 전쟁과 살인을 막는 데 성공하지 못했습니다.

선진국들은 여전히 무기 판매에 바쁘다

가난하고 어리석은 국가들은 전쟁터가됩니다.

매 순간 핵폭탄의 가장 큰 상처에 대한 두려움이 있습니다.

영구적인 세계 평화 포기

수천 년 전 우리에게 비폭력을 가르친 부처님

부처님은 평화와 침묵의 중요성을 깨달았습니다.

하지만 부처님을 따르는 우리는 폭력을 계속했습니다.

예수님은 살인과 잔인함을 멈추기 위해 자신의 목숨을 희생하셨습니다.

그의 가르침은 이제 우리의 가치관에서 조용히 사라지고 있습니다.

기술 또한 인간을 영구적으로 통합하는 데 실패했습니다.

영구적인 평화와 형제애는 여전히 먼 꿈입니다.

카스트, 인종, 종교에 대한 폭력을 시작하기 위해 모두가 열심입니다.

양자 얽힘은 증오, 탐욕, 질투, 자아를 설명하지 못했습니다.

기술에서 해결책이 나오지 않는 한, 영구적인 평화는 포기해야 합니다.

미싱 링크

케이크를 먹으면서 함께 먹을 수 없습니다.

이것은 자연의 법칙에 위배됩니다.

과거와 미래로 갈 수 없습니다.

신과 다윈을 모두 믿는 것은 위선입니다.

두 가설 모두 우리 모두가 알고있는 사실이 될 수 없습니다.

그러나 논리적 결론에 대한 질문에 대답하기 위해 우리는 느립니다.

사람들은 편의에 따라 두 가설을 모두 해석합니다.

그러나 그러한 가설은 결코 사실이나 과학이 될 수 없습니다.

다윈의 미싱 링크는 여전히 미해결 상태입니다.

그래서 대부분의 사람들은 신에게 기도하고 축복을 구합니다.

신 방정식만으로는 충분하지 않습니다

고양이가 상자에서 죽는 대신 새끼 고양이와 함께 나왔습니다.

아무도 고양이의 임신을 알아차리거나 검사하지 않았습니다.

슈뢰딩거는 세밀한 관찰 없이 고양이를 상자에 넣었습니다.

예측과 관련된 불확실성은 더 복잡합니다.

고양이가 죽었는지 살았는지만이 유일한 문제는 아닙니다.

양자 물리학은 너무 많은 의견과 해결책을 제시해야합니다.

고양이는 여러 마리의 아기를 낳았을 수 있습니다.

상자를 열었을 때 죽은 사람은 거의없고 살아있는 사람은 거의 없습니다.

신 방정식과 신 입자에 대한 답만으로는 충분하지 않습니다.

우주의 존재에 대한 질문을 해결하는 것은 매우 어렵습니다.

여성의 평등

그들은 쾌락의 이름으로 외로운 여성을 잔인하게 괴롭힌다

때로는 세 번, 때로는 네 번, 때로는 그 이상

팜므파탈을 짓밟는 최악의 형태의 동물적 본능

돈을 위해, 시민의 자유라는 이름으로 여성의 영혼을 파괴합니다.

그리고 그들은 인류와 문경의 횃불을 든 자들이라고 주장했습니다.

사람들의 사고 과정에는 합리성과 근대성이 없습니다.

우월성 복합체, 자아 및 자유 의지에 따라 모든 것을 정당화하십시오.

그리고 그들의 영토와 문화에서 여성의 평등을 주장합니다.

베일을 벗기면 여성 인신 매매의 목이 달린 진실을 볼 수 있습니다.

동물적 본능, 잔인 함, 비인간적 대우에 대한 츠-취가 깜박입니다.

무한대

무한대에서 무한대를 뺀 것은 0 이 아니라 무한대입니다.

무한이라는 단어는 인류에게 낯선 단어입니다.

무한의 개념은 호모 사피엔스에게만 국한되어 있습니다.

다른 모든 생명체는 무한한 우주에 대해 신경 쓰지 않습니다.

인간의 무한 개념은 다양합니다.

우리의 뇌가 이해할 수 없기 때문에 숫자의 수는 무한대에서 끝납니다.

그러나 은하와 별에게 무한은 경계가 없는 것을 의미합니다.

경계 너머에는 우리의 뇌와 과학자들이 추적 할 수 없습니다.

신의 개념이 등장할 때, 무한은 특이점을 기반으로 합니다.

무한이 없다면 수학과 물리학은 한계에 부딪힐 것입니다.

은하수 너머

우주 또는 우주의 크기는 인간의 두뇌로는 이해할 수 없습니다.

속도와 시간의 장벽은 우리를 우리 은하계라는 국지적인 영역에 머물게 합니다.

은하수조차도 너무 광대해서 구석구석을 탐험하는 것은 불가능합니다.

과학과 인공 지능에 의한 인간의 삶의 부도덕성도 짧을 것입니다.

측량과 여행을 완료하기 전에 우리 태양 자체는 어두워지고 영원히 사라질 것입니다.

시간 차원이없는 은하계 너머를 탐험하려는 시도는 터무니없는 일입니다.

그러기 위해서는 우리의 삶이 공간과 시간의 범위를 벗어나야 한다.

이 무한한 물질과 은하의 존재는 어떻게 생겨났는지 이상한 게임입니다.

우리는 우주의 암흑 물질과 그것이 어떻게 왔는지에 대해 여전히 어둠 속에 있습니다.

천문학과 은하수 탐험의 여정은 무한히 길어질 것입니다.

위로금에 만족하고 앞으로 나아가기

과거에도, 현재에도, 앞으로도 제가 통제할 수 있는 것은 아무것도 없습니다.

하지만 저는 항상 통합 우승에 만족했습니다.

크게 넘어져도 다시 일어설 때마다

왕이나 동료 친구들에게 나를 궤도에 올리기 위해 도움을 요청한 적이 없습니다.

나는 나 자신과 내 능력에 대해서만 자신감이 있습니다.

많은 사람들이 나를 몇 번이고 끌어 내리려고했습니다.

나는 그들의 노력이 헛된 것이기 때문에 그들을 비웃었다.

그들의 소원과 노력에 대해서도 그들은 결코 통제 할 수 없습니다.

자신의 삶을 의미 있고 위대하게 만들 수 없었을 때

그들이 어떻게 내 현재와 미래의 활동을 방해 할 수 있습니까?

그들은 귀중한 삶의 시간을 낭비하는 데 행복합니다.

가십과 다리 당기는 것은 쓸모없는 칼과 같은 유휴 남성의 동반자입니다.

코로나 19 확산 방지 실패

코로나 19는 인류의 문명과 정신을 꺾지 못했습니다.

그래서 사람들은 인류가 직면한 재앙을 금세 잊어버렸습니다.

이제 아무도 갑작스럽게 목숨을 잃은 사람들을 기억하지 않습니다.

사람들은 다시 일상 생활에 너무 바빠서 뒤돌아 볼 시간이 없습니다.

인간의 탐욕, 자아, 증오, 질투는 그대로 남아있었습니다.

사회나 집단으로서 공통된 교훈을 얻지 못합니다.

인간의 이러한 사고 방식은 정말 이상하고 놀랍습니다.

좋은 점은 쇼가 중단없이 진행되고 있다는 것입니다.

최악의 재난에서 살아남으려면 인류에게 이것이 최선의 해결책입니다.

문명은 자연 선택의 법칙에 따라 계속 나아가게 하십시오.

마음가짐을 잃지 마세요

은행 잔고는 부족할지 몰라도 마음은 가난할 수 없습니다.

언제 어디서나 부와 돈을 쉽게 찾을 수 있습니다.

성공의 사다리를 오르는 데 가장 중요한 것은 태도입니다.

등반 후 모든 플랫폼에서 전체 상자에 원시 다이아몬드를 찾을 수 있습니다.

동화처럼 실생활에는 마법의 램프가 없으며 원시 다이아몬드를 잘라야합니다.

다음 사다리 플랫폼에서는 다이아몬드 연마를 수행해야합니다.

당신의 태도가 부정적이라면 결코 높은 고도에 올라갈 수 없습니다.

당신은 히말라야의 바닥에 가난한 사람으로 남아있을 것입니다.

친구와 이웃이 성공하면 놀랄 것입니다.

그러나 심해에서 진주를 채취하는 동안 그들의 고통은 아무도 깨닫지 못했습니다.

크게 생각하고 실행하기

생각할 때는 크게 생각하고 그냥 실행하세요.

아이디어를 먹고, 아이디어를 마시고, 아이디어를 꿈꾸세요.

아이디어를 현실로 만드는 것을 막을 수 있는 것은 없습니다.

헌신적으로 열심히 일하고 아이디어를 굳건히 세워보세요.

원대한 아이디어와 계획으로 잠들기

새로운 길과 문제의 해결책은 아침에 올 것입니다.

모든 교차로에서 의심과 혼란이있을 수 있습니다.

그러나 인내심을 가지고 빠르게 해결책을 찾을 수 있습니다.

비판에 직면하여 거친 꿈과 아이디어를 포기하지 마십시오.

성공하고 정상에 도달하기 전에 항상 냉소주의로 낙담하게 될 것입니다.

두뇌만으로는 충분하지 않습니다

두뇌는 지능과 의식을 위해 필요합니다

그러나 뇌만으로는 감정과 지혜를 갖기에 충분하지 않습니다.

사랑, 증오, 질투 중에 방출되는 뉴런은 복잡합니다.

마음과 뇌의 얽힘은 항상 너무 혼란 스럽습니다.

모든 포유류는 순서와 수준이 다른 지능을 가지고 있습니다.

일부 작업에서는 호모 사피엔스보다 다른 동물이 더 뛰어날 수 있습니다.

모든 동물계가 말하는 우월성에 대한 다른 이야기

천국에 대한 의식, 동물은 말할 수 없다는 것이 좋습니다.

이것은 인간을 제외하고는 모두 지옥에 간다는 것을 의미하지는 않습니다.

인간에게만 상상과 속임수는 매우 쉽게 팔 수 있습니다.

수 세기 및 수학

사람들은 사과 한 개를 먹는 것과 사과 두 개를 먹는 것의 차이를 알고 있었다.

수학적 능력의 개념은 DNA 와 관련이 있습니다.

뇌는 수학이 발견되기 전부터 숫자를 이해할 수 있었습니다.

동물과 새도 뇌에서 숫자를 시각화할 수 있습니다.

유도 지능, 오늘날의 현대 수학 훈련

수학의 발견은 인류 문명의 거대한 도약입니다.

수학 없이는 수십억 개의 문제를 해결할 수 없습니다.

인간 지능의 핵심인 수치 및 언어 능력

발전과 성공을 위해 이 두 가지 요소는 중요합니다.

감성 지능도 인간의 유전자에 내재되어 있습니다.

경험과 환경은 지능과 감정을 강하고 깨끗하게 만듭니다.

메모리 부족

사실과 수치를 암기하고 재현하는 것만으로는 지능이 아닙니다.

지식 자체는 권력이 아니라 권력을 위한 무기에 불과합니다.

상상력과 혁신은 기억과 지식보다 더 중요합니다.

인공지능은 더 나은 기억력을 가지고 있으며 우리는 이를 인정하고 받아들여야 합니다.

그러나 인공지능이 혁신과 발명에서 인간을 이기기는 어려울 것입니다.

인간에게는 상상력, 감성, 지혜가 있지만 인공지능은 아직 부족합니다.

발명과 혁신의 경쟁에서 인간은 DNA가 뒷받침합니다.

컴퓨터와 챗봇의 시대, 블랙박스와 경계를 뛰어넘어 생각하세요.

인간만이 가진 상상력과 지혜에 날개를 달아주세요.

인공지능과 컴퓨터와의 싸움에서 인간은 링 위에서 승리할 것입니다.

더 많이 줄수록 더 많은 것을 얻습니다

소외계층에게 베풀수록 더 많은 것을 얻습니다.

관대함은 고차원적이고 위대한 인간의 가치입니다.

매력의 법칙은 순자산의 하락을 허용하지 않습니다.

뉴턴의 세 번째 운동 법칙은 모든 삶의 영역에 해당됩니다.

자연의 법칙은 중단없는 수도관처럼 흡립니다.

선행의 열매는 익는 데 시간이 조금 더 걸릴 수 있습니다.

그러나 언젠가는 다른 유형이 될 수 있습니다.

사과 나무를 심을 때 자연은 블랙 베리를주지 않을 것입니다.

이 과일, 당신은 바꿀 수 없습니다, 그것은 자연의 영역입니다.

더 나은 새로운 세상을 위해 좋은 미덕으로 항상 연대를 보여주십시오.

놓아주는 것과 잊어버리는 것도 똑같이 중요합니다.

삶은 몸과 마음의 고난의 통합입니다.

국방부의 투지 덕분에 우리는 항상 길을 찾습니다.

고문이 우리의 몸과 영혼을 강철 단조처럼 강하게 만들었습니다.

대부분의 부상은 우리의 회복력 시스템이 쉽게 치유 할 수 있습니다.

마음의 치유는 어려울 수 있지만 시간과 상황은 움직일 수밖에 없습니다.

인생의 가장 어려운 문제도 시간이 언젠가는 해결할 수 있습니다.

잊어버리는 것은 우리 영혼의 균형을 잡는 좋은 미덕입니다.

물샐틈없는 기억 속에서 우리의 삶은 감옥과 지옥이 될 것입니다.

인생의 굴욕과 고문을 잊으려면 놓아주는 것이 중요합니다.

인간의 두뇌에 대한 기억과 같은 인공 지능은 재앙적인 잠재력을 가지고 있습니다.

양자 확률

인간의 존재는 우주에서 유일한 기적입니다.

다른 것은 이상하지 않으며 모든 것이 특정 법칙에 의해 지배됩니다.

전체 은하계에는 부조리, 한계 및 결함이 없습니다.

원자, 기본 입자 드는 중성자의 붕괴는 새로운 것이 아닙니다.

물질 형성이 시작된 이래로 물리학의 변화는 거의 없습니다.

상대성 이론, 양자-역학은 문명에 새로운 지식일 수 있습니다.

하지만 인류가 존재하기 훨씬 전부터 자연은 모든 표준화를 해왔습니다.

물리학이나 어떤 과정으로도 양성자가 전자 주위를 공전하도록 강요할 수 없습니다.

물질 세계가 형성될 때 자연 선택은 없었습니다.

우리가 아는 지식은 양자 확률과 순열-조합뿐입니다.

전자

물질 우주는 본질적으로 불안정합니다.

전자는 가만히 있을 수 없기 때문입니다.

전자는 가장 중요한 입자 중 하나입니다.

하지만 전자의 행동과 속성은 단순하지 않습니다.

원자 내 전자의 존재는 변증법적입니다.

양성자와 중성자를 결합하기 위해서는 전자의 역할이 매우 중요합니다.

불안정한 전자 때문에 혼돈은 항상 증가합니다.

우주와 창조의 엔트로피는 결코 감소하지 않습니다.

DNA를 통해 태어날 때 아이가 우는 것은 전자 효과입니다.

무질서와 혼돈이 증가하면 신생아도 반영됩니다.

중성미자

중성미자는 강력한 전자의 동반자입니다.

그러나 중성미자는 전자와는 달리 주목받지 못하고 있습니다.

모든 것을 관통할 수 있어 유령 입자라고 불립니다.

중성미자가 진동하는 끈의 파동인지 여부는 아무도 모릅니다.

또한 우주를 여행하는 동안 질량을 얻는 방법도 모릅니다.

하지만 기본 입자로서 중성미자는 많은 의미를 가지고 있습니다.

중성미자는 세 가지 다른 맛을 가지고 있어 흥미롭습니다.

신의 입자 힉스 입자를 상대할 때도 중성미자는 교활합니다.

중성미자는 태양과 우주선으로부터 온다.

입자 물리학은 유령 중성미자에 대해 말하자던 먼 길을 가야 합니다.

신은 나쁜 관리자

하나님은 훌륭한 물리학자이자 아주 훌륭한 엔지니어입니다.

그러나 그는 가난한 경영 교사이자 나쁜 의사입니다.

세계 경영은 갈등으로 매우 열악합니다.

그가 제한하는 비자를 통한 인간의 이동

하급 동물과 새에 대한 제한 없음, 이유를 알 수 없음

그러나 그가 보여준 동물에 대한 친절은 적습니다.

매일 전쟁과 극단주의자들에 의해 살해되는 아이들

그러나 그가 가장 좋아하는 동물에 대한 모든 잔인 함을 막기 위해 그는 결코 말하지 않습니다.

매년 수백만 명의 사람들이 불치병으로 사망합니다.

의사들은 많은 돈을 벌었고 신은 그들이 찬양하는 이러한 활동을합니다.

엔지니어들은 결과에 대해 너무 많이 생각하지 않고 혁신합니다.

생명을 구한다는 명목으로 의사들은 종종 실수를 저지르기도 합니다.

물리학은 공학의 아버지

물리학은 모든 공학 분야의 아버지입니다.

전기공학은 전자공학의 아버지이지만 둘 다 단순하지 않습니다.

기계는 생산 공학의 아버지입니다.

아버지라는 반론에 대해 메카트로닉스는 고통 받고 있습니다.

토목 공학에는 DNA 연결이없는 많은 입양아가 있습니다.

화학 공학은 바쁘다, 분자가 생각하는 방법

물리학의 막내, 컴퓨터 과학이 이제 왕입니다.

그들은 링에서 왕좌를 차지하기 위해 모든 공학을 쓰러 뜨렸습니다.

스마트 폰과 양자 컴퓨팅은 그들이 몇 년 더 통치하는 데 도움이 될 것입니다.

인공 지능이 두뇌와 통합되면 모두가 환호 할 것입니다.

원자에 대한 사람들의 지식

원자에 대한 일반인의 지식은 전자에서 끝납니다.

그들은 양성자와 중성자에 대해 아는 것으로 만족합니다.

광자, 양전자 또는 보손에 대해 걱정할 필요가 없습니다.

사람들은 사과 낙하 용액에 대한 지식으로 만족합니다.

그 과정에서 인구로 인해 사과 가격이 상승하고 있습니다.

컴퓨터와 스마트폰은 지식의 부흥을 도왔습니다.

그러나 사람들은 그것들을 시간을 보내고 오락의 동반자로 사용하고 있습니다.

전자, 중성자, 양성자에 대한 지식을 전파하는 데는 책이 더 나은 역할을 했습니다.

구글과 위키피디아가 있어도 보손을 모르는 사람들

낡은 종교를 정당화하는 데 기술이 점점 더 많이 사용되고 있습니다.

불안정한 전자

우리가 알지 못하고 관찰하지 못하는 사이에 파동 함수가 붕괴됩니다.

전자는 광자의 형태로 궤도를 유지하기 위해 에너지를 방출합니다.

전자가 붕괴하지 않는 경우 파울리의 배제 원리가 해결책이 됩니다.

전자는 결정할 수 없을 정도로 핵의 확률이 흐려져 있습니다.

하이젠베르크의 불확정성 원리는 불확실한 위치에 대해 말하려고합니다.

원자 구조는 전자가 핵 주위를 회전할 수 있는 용기입니다.

자유 전자는 에너지를 잃고 원자를 자연에서 안정적으로 만듭니다.

그러나 전자가 시스템에서 영원히 이것을 좋아하는 것은 불가능합니다.

중력으로 인해 양성자가 전자를 붙잡으면 전자는 중성자가 됩니다.

결국 모든 것은 상상을 초월하는 은하계의 블랙홀로 붕괴합니다.

기본 세력

중력, 전자기, 강하고 약한 핵력은 기본입니다.

이 네 가지 힘은 모두 우주와 은하계를 지배하고 통제하는 힘입니다.

이 기본적인 힘 없이는 어떤 물질도 존재할 수 없습니다.

강하고 약한 핵력은 원자를 결합하는 원천입니다.

중력이 없으면 별, 행성, 은하가 충돌하는 과정을 거치게 됩니다.

전자기력은 우리 뇌 기능과 통신의 기본입니다.

이 네 가지 힘으로 인해 행성 결합이 존재합니다.

이 힘들이 왜 그리고 어떻게 들어왔는지는 자신 있게 말하기 어렵습니다.

빅뱅 후 원자의 결합은 이 힘들에 의해 서서히 일어났습니다.

빅뱅 후 냉각하는 과정에서 이 힘들이 모든 것을 질서정연하게 만들었습니다.

호모 사피엔스의 목적

수십억 년 동안 지구에는 생명체의 목적이 없었습니다.

약 만 년 전 갑자기 인간에게 목적이 생겼나요?

어떤 생명체도 햇빛이 있는 행성에서 자신의 목적이 무엇인지 알지 못했습니다.

그러나 태양 광선으로 인간이 지구라고 부르는 행성은 밝았습니다.

우리의 조상인 원숭이와 침팬지는 이 행성을 올바르게 지켰습니다.

인간은 자신의 지능을 깨달은 후 목적을 주장했습니다.

호모 사피엔스는 다른 모든 동물은 그들의 하인이라고 생각합니다.

인간의 목적은 인간의 상상일 수 있습니다.

목적 가설을 받아들이기에는 과학적 해결책이 없습니다.

다윈의 자연 선택 이론, 목적 개념과 모순됨

그러나 자연 선택에는 연결 고리가 없기 때문에 대다수의 사람들은 받아들입니다.

미싱 링크 전

진화 과정의 연결고리가 끊어지기 전
진화는 또 다른 획기적인 성공을 거두었습니다.
바로 X-염색체와 Y 염색체의 분리였습니다.
성 중립적인 생명체도 번식할 수 있었습니다.
섹스와 번식을 위해 중성 염색체는 유혹할 필요가 없습니다.
염색체를 통한 성 분화는 불평등을 낳았습니다.
남성과 여성의 두 가지 DNA 코드가 확고하게 자리 잡다
더 나은 번식 능력을 위한 성 분화였을까?
아니면 고차원적인 생명체의 진화를 단순화하기 위한 것일까?
X-염색체와 Y 염색체 모두 원자 덩어리입니다.
하지만 그 특징과 성질은 서로 다르고 무작위적입니다.
성별이 왜, 어떻게 차별화되는지, 잃어버린 고리처럼 우리는 해답을 찾지 못하고 있습니다.

아담과 이브

신화 속 아담과 이브는 X 염색체와 Y 염색체를 상징합니다.

두 염색체의 결합으로 새로운 생명, 즉 다음 세대가 탄생합니다.

DNA 는 유전적 특성과 정보를 담고 있습니다.

유전자는 돌연변이와 지속적인 진화를 담당합니다.

정보를 전달하는 DNA 는 자연 선택의 촉진제입니다.

의식이 정보를 통해 오는지 아닌지는 모호합니다.

입자의 양자 얽힘은 우리를 미치게 만든다.

얽힘의 과정에서 많은 사람들이 게으르게 태어납니다.

원자와 인간의 결합이 생명으로 이어지는 전체 그림은 여전히 모호합니다.

상상의 숫자는 어렵습니다

상상하기 어렵고 이해하기 힘든 허수

우리의 마음과 두뇌는 복잡성을 쉽게 이해할 수 없습니다.

눈에 보이고 만질 수 있는 것, 뇌는 쉽게 펼칠 수 있습니다.

어려운 연습, 마음은 항상 차갑게 보관하는 것을 좋아합니다.

그렇기 때문에 복잡한 것을 표현하기 위해 비유는 매우 대담합니다.

보고 만지는 것이 믿는다는 것은 인간의 기본 본능입니다.

상상의 물리학 및 철학에 대한 관심은 제한적입니다.

새로운 사물과 아이디어를 탐구하려면 상상력이 최고입니다.

가능하든 불가능하든 상상력이 없으면 과학은 앞으로 나아갈 수 없습니다.

새로운 것을 발견하거나 발명하면 항상 좋은 보상을 받습니다.

역계산

레이스를 시작하는 마지막 단계에서는 항상 역 카운팅이 이루어집니다.

이 단계에서는 정신적 압박이 엄청나게 커지기 때문입니다.

리버스 카운트에서는 0 이 출발점으로 간주됩니다.

여정 또는 레이스의 최종 성공 또는 실패는 오직 0 에 달려 있습니다.

인생의 멋진 길에서 충분히 성숙했을 때

더 크거나 더 큰 성공을 위해 역세기를 배우는 방법

역계산 없이는 아무도 처리 할 수없는 최종 목표

인간의 삶은 무한대까지 점진적으로 세기에는 너무 짧습니다.

역계수는 연대를 통해 궤도에 오를 수 있는 유일한 방법입니다.

역계수를 시작하고 성공하지 못했다고 해서 운명을 탓하지 마세요.

누구나 0 으로 시작하기

우리는 모두 0부터 시작해서 세기 위해 태어났습니다.

앞으로 세는 업적이 더 많을수록 당신은 영웅입니다.

시간은 우리 대부분이 백을 넘겨 세는 것을 허용하지 않습니다.

90 세가되면 사람들은 열정을 포기하고 항복합니다.

우리가 중간에있을 때 50 세에 거꾸로 계산을 시작하는 것이 좋습니다.

인생에 감사하고 삶의 보상에 대해 미소 짓는 데 도움이 될 것입니다.

사람들은 눈치 채지 못한 채 몇 년, 몇 달 또는 며칠을 세고 있습니다.

내일 많은 사람들이 아침 햇살을 볼 수 없을 것입니다.

적시에 앞뒤로 계산을 시작하면

당신의 시간이 끝나면 당신은 확실히 정상에 도달 할 것입니다.

윤리적 질문

우리의 모든 지식, 경험, 지능은 스스로 습득한 것입니다.

관찰 가능한 세계의 인공 지능, 우리의 뇌도 필요합니다.

모든 것을 개인적으로 경험하려고 하면 너무 빨리 피곤해집니다.

검증 없이 다른 사람의 지식을 채택하는 것은 본질적으로 인위적인 것입니다.

그러한 지식의 대부분은 기래에 잘못된 것으로 입증되었습니다.

사랑, 증오, 분노와 같은 감정은 또한 뇌에 의해 척 할 수 있습니다.

여러 가지 이유로 인공적인 미소와 기쁨을 위해 우리의 뇌는 훈련하려고합니다.

인공 지능은 진보를위한 인류 문명의 일부였습니다.

인공 지능 없이는 더 빠르고 빠른 성공이 없을 것입니다.

자연 지능과 AI 의 통합은 가장 어려운 작업입니다.

인간의 두뇌와 완전히 통합되기 전에 사회는 윤리적 인 질문을해야합니다.

올-신-탄-코스

인간의 삶은 시간의 사분면으로 이루어진 여정입니다.

네 사분면을 모두 완료 할 수 있다면 운이 좋고 괜찮습니다.

누구나 25 년 동안 배움의 과정을 거쳐야 합니다.

육체의 성장은 그 끝에 도달합니다.

불확실성 때문에 첫 번째 사분면을 건너는 것은 모두 운이 좋지 않습니다.

죽음의 타이밍과 나이는 여전히 인류를위한 기적입니다.

25 년의 두 번째 사분면에서는 너무 바빠서 일하고 있습니다.

더 나은 삶과 미래의 안전을 위해 모두가 달리고 있습니다.

어떤 사람들은 동반자없이 혼자 움직입니다.

세 번째 사분면은 통합과 미세 조정을위한 시간입니다.

지식, 기술, 부의 축적이 시작됩니다.

배당금, 성공, 인간관계에 대한 계산이 시작됩니다.

세 번째 사분면에서 당신은 다른 사람들을 이끄는 상사이자 CEO 입니다.

천천히 당신은 더 많은 부와 더 멀리 이동하는 것에 대한 식욕을 잃습니다.

자아실현과 내면의 자아를 아는 것이 오히려 중요해집니다.

네 번째 사분면에 들어갈 때 쯤이면 그림자가 길어집니다

당신의 몸은 너무 많은 질병에 걸리고 더 이상 강하지 않습니다.

압력, 설탕 및 기타 질병, 당신은 알약을 통해 통제해야합니다.

약의 부작용도 매우 나쁘고 사람을 죽일 수도 있습니다.

때때로, 당신은 당신의 의료비를보고 걱정하게됩니다.

아무도 당신을 돌봐주지 않고 모두 자신의 사분면에서 바쁘다.

대부분의 친구들도 세상을 떠났고, 친구들이 중복됩니다.

각 사분면에서의 활동을 효율적이고 현명하게 수행하십시오.

4사분면이 끝날 때 확실히 후회하지 않을 것입니다.

화력

불의 발명은 인류 문명의 흐름을 바꿨습니다.

분쟁 진압에 화력을 사용할 수 있는 토대를 마련했습니다.

화력이 강할수록 약한 동물을 제압할 수 있습니다.

확장 및 생존 확률이 높아짐

화력은 인류가 생존하고 발전하는 데 적임자가 될 수 있도록 도와주었습니다.

대규모 산불로 인해 많은 동물들이 퇴보의 길을 택했습니다.

인간은 여전히 긍정적이든 부정적이든 마음속에 불을 품고 있습니다.

이는 파괴적인 역사 속 전쟁이 증명합니다.

하지만 긍정적인 마음의 불은 인간이 건설적인 존재가 될 수 있도록 도와주었습니다.

그러나 문명에는 현대 기술의 화력이 결정적일 수 있습니다.

밤과 낮

매일 밤 내가 울 때

세상은 여전히 부끄러워

위로하기 위해 우주는 시도하지 않습니다.

고통은 튀김이된다

마음은 공허하고 건조해

외로운 종달새가 날아

밤새도록 내 것

언젠가 혼자서 나는 죽을 것이다

죽은 나에게 사람들은 작별 인사를 할 것입니다.

그러나 태양이 떠오르면 정신이 높습니다.

낮에는 울 시간이 없어

이유를 찾을 수 없네

오직 나만이해야하고 죽어야합니다.

자유 의지와 최종 결과

교통 체증 속에서 왼쪽이나 오른쪽으로 갈 수 있는 자유 의지의 선택권이 있었습니다.

그러나 매번 스스로 결정을 내릴 때마다 움직임이 빡빡해졌습니다.

좌회전, 우회전, 유턴 등 앞으로의 여정은 결코 밝지 않았습니다.

단 1 미터도 움직이기 위해 나는 운명에 의해 싸울 수밖에 없었다.

자유 의지로 10 년 동안 사랑에 빠진 부부는 결혼을 결심했습니다.

목적지 제초로 유원지로 결혼을 엄숙히했습니다.

3 개월 후 모두가 헤어지는 것을보고 놀랐습니다.

청년은 자유 의지로 밝은 미래를 위해 해외로가는 비행기에 탑승했습니다.

그러나 자유 의지와 많은 희망에도 불구하고 그는 비행기 추락 사고로 사망했습니다.

자유 의지와 최종 결과 사이에는 불확실한 관계가 있습니다.

운명이나 불확실성의 원리는 언제든 공격할 수 있습니다.

양자 확률

우주는 양자 입자의 혼란스러운 과정으로 시작되었습니다.

이후 모든 것은 양자 확률로 이루어졌습니다.

별과 다른 천체들은 질서정연한 궤도 경로를 따라 회전합니다.

그러나 우주 전체로 볼 때, 은하계는 항상 녹슬게 되어 있습니다.

우주의 엔트로피는 우주의 생존을 위해 계속 증가해야 합니다.

우주의 팽창을 설경하기 위해서는 암흑 에너지가 필수적입니다.

다중 우주는 증거가 없는 양자 확률에 불과합니다.

모든 종교 철학에서 다중 우주는 견딜 수 없는 뿌리를 가지고 있습니다.

물리학에서도 우리의 기원에 관한 다양한 이른과 가설이 있습니다.

지금까지 현실의 단순하고 궁극적 인 진실은 환상이며 아무도 보지 못했습니다.

죽음과 불멸

나는 내가 필멸자이고 세상에 며칠 여행자라는 것이 행복하다.

나는 다른 모든 사람들이 불멸의 서비스 제공자라는 것이 더 행복합니다.

내가 떠날 때 불멸의 친구와 친척들이 작별 인사를 할 것입니다.

아무도 내 다음 이닝, 내가 어떻게 시작할지 아무도 모를 것입니다.

일주일 후, 사람들은 똑똑하기 때문에 모두가 나를 잊을 것입니다.

그들은 슈퍼마켓에서 바쁘고 가정용 카트를 채울 것입니다.

그럼에도 불구하고 시간은 같은 방식으로 며칠, 몇 달, 몇 년이 매우 빠르게 지나갈 것입니다.

불멸 때문에 그들은 결코 피곤하지 않거나 썩거나 녹슬지 않을 수 있습니다.

백 년이 지나면 누군가가 내 사망 100주년을 관찰 할 수 있습니다.

천년이 지나면 그물에서 나를 발견하고 내가 현대인이라고 말할 수 있습니다.

그러나 그의 반응은 감정이없고 순간적 일 것입니다.

죽음과 불멸은 함께 가고 사람들은 죽기를 원하지 않습니다.

그러나 내 인생의 마지막 날까지 불멸이되기 위해 나는 결코 시도하지 않을 것입니다.

교차로의 미친 소녀

그녀는 매일 교차로를 돌아 다니며 웃고 웃고 혼잣말을합니다.

누가 오는지, 누가 가는지 신경 쓰지 않고 관심에 전혀 관심이 없습니다.

그녀의 더러운 드레스, 화장이없는 얼굴, 먼지가 많은 머리카락에 신경 쓰지 않습니다.

미소와 웃음이 행복의 신호라면 그녀는 행복하고 게이 여야합니다.

그녀는 또한 양성자, 중성자, 전자 및 기타 기본 입자 더미 여야합니다.

동일한 운동 법칙, 중력 전자기학 및 양자역학을 따라야합니다.

그러나 그녀는 다르며 불안정한 전자의 무질서한 행동 일 수 있습니다.

의사들은 왜 그녀가 다른지, 왜 치료가 되는지에 대한 해결책을 제시하지 못했습니다.

그녀의 의식의 비대칭적 행동에 대한 실제 설명이 없습니다.

양자 이론의 설명을 넘어서는 그녀의 의식과 뉴런의 방출

그녀의 웃는 얼굴과 행복에 사람들은 동정을 표하고 미안함을 표현합니다.

하지만 양자 관찰자들과는 상관없이 그녀는 행복한 삶을 살고 있습니다.

원자 대 분자

분자는 지구와 우주 생성의 기본이 아닐 수 있습니다.

탄소, 수소, 산소, 실리콘, 질소가 지구를 다양하게 만들었습니다.

칼슘, 철, 나트륨, 칼륨은 모두 분자의 형태로 존재합니다.

원자의 결합 없이는 분자가 존재할 수 없음은 사실입니다.

하지만 분자가 되지 않으면 원소의 존재는 불가능합니다.

중성자는 붕괴하여 양성자가 되고 전자는 다른 원자가 될 수 있습니다.

양성자와 전자의 결합도 무작위로 일어납니다.

단백질과 아미노산은 분자 형태로 존재하여 생명을 가능하게 합니다.

원자 상태로는 동물계에 먹이를 제공하는 광합성 불가능

분자는 원자처럼 불안정하지 않기 때문에 우리 존재에 있어 분자는 신뢰할 수 있는 존재입니다.

새로운 다짐을 해봅시다

강, 호수, 바다, 대양에는 모두 바닥이 있습니다.

각 수역의 깊이는 대칭이 아닌 무작위입니다.

언덕은 일 년 내내 높거나 낮고, 녹색이거나 혼 색일 수 있습니다.

그러나 모든 것의 특성에는 원자가 중요합니다.

자연의 아름다움도, 별의 아름다움도, 여인의 아름다움도 모두 원자로 이루어진 것이다

사진의 방출 없이는 그 어떤 것의 아름다움도 볼 수 없습니다.

기본 입자와 원자의 조합으로 모든 것이 달라집니다.

인간은 초기 형성에서 어떤 것도 통제할 수 없습니다.

인간은 진화의 과정을 가속화하거나 늦추기 위해 아무것도 하지 않았습니다.

사랑과 형제애로 더 나은 세상을 만들기 위해 우리는 결단을 내릴 수 있습니다.

페르미-디락 통계

우리는 일상에서 수많은 사람들을 마주치지만 상호작용을 하지 않습니다.

페르미-디락 통계는 이를 합리적으로 이해할 수 있는 해법을 제시합니다.

이 통계는 고전역학과 양자역학 모두에 적용 가능합니다.

사람마다 사고방식, 태도 및 역학이 다릅니다.

모든 기본 입자는 고유한 열역학적 평형 방식을 가지고 있습니다.

측정 가능한 질량이 없어도 입자는 운동량을 가지고 있습니다.

보즈-아인슈타인 통계는 동일하고 구별할 수 없는 입자에도 적용 가능합니다.

입자를 설명하는 전체 과정은 복잡하고 간단하지 않습니다.

무한한 우주에서 우리의 이해력은 어느 순간 한계에 부딪힙니다.

하지만 인간의 마음과 물리학의 호기심은 결코 완전히 꺾이지 않습니다.

비인간적 사고방식

사람들은 비인간적이고 잔인해졌습니다.

지금은 역사적 결투가 없는 시대지만

그러나 무고한 사람을 죽이는 데는 사소한 문제가 연료가 될 수 있습니다.

관용은 반환 감소의 법칙보다 빠르게 감소하고 있습니다.

진실과 정의를 옹호한다면 다음 총알은 당신의 차례가 될 수 있습니다.

작은 사건에도 많은 도시 사람들이 미치게 불타고 있습니다.

언제 어디서나 어떤 이유로든 치명적인 폭력이 돌아올 수 있습니다.

인간은 이제 인간의 피에 목말라 있습니다.

파괴적인 홍수보다 폭력으로 사망하는 사람이 더 많습니다.

잔인함이 절정에 달하면서 인류를 위한 예수님의 희생은 이제 베인에 있습니다.

폭력, 전쟁, 증오, 편협함으로 곧 인류의 구조가 깨질 것입니다.

비즈니스 프로세스

삶은 생산성과 수익을 극대화하기 위한 비즈니스 프로세스일 뿐인가요?

아니면 진화와 진보에 기여하는 자연스러운 과정일까요?

이제 사회 전체가 제품 마케팅의 장이 되었습니다.

사람들을 속이는 방법은 이제 생존과 적자생존을 위한 큰 기술입니다.

진실과 단순하고 정직하게 나아갈 수 없음

부에 대한 무한한 탐욕과 후크 또는 사기꾼으로 유명해지려는 욕망이 있습니다.

정신적 풍요 로움을 위해 아무도 시간을 보내거나 책을 읽고 싶어하지 않습니다.

시장에서는 어떻게 든 서비스 나 제품을 판매해야합니다.

사회적 구조, 관계 및 가치에서 항상 공제합니다.

마케팅을 할 수없고 이익을 얻을 수 없다면 인생에서 당신이 건설 할 수있는 것은 없습니다.

평화로운 휴식(RIP)

내가 죽으면 누군가 부고를 쓸지도 모릅니다.

하지만 편히 쉬라고 말하는 것은 댓글이 주를 이룰 것입니다.

이제 아무도 내가 평화로운지 아닌지 묻지 않습니다.

내 가장 친한 친구조차도 같은 부류에 속합니다.

나는 그들의 평화에 관해 누구에게도 묻지 않았습니다.

지금까지 친구들이 죽은 후 나도 같은 수단을 따르고 있습니다.

죽음은 이제 우리 모두에게 매우 저렴하고 감정이 없습니다.

언젠가 모두가 버스에 탑승하는 것은 사실이지만

죽음 이후에는 평화와 행복이 무의미해집니다.

평화로운 휴식은 아주 최근의 현대 라이프 스타일 특허입니다.

사람들은 너무 바빠서 평화와 휴식을 취할 시간이 없습니다.

죽음 이후에 친구들에게 평안히 쉬라고 말하는 것은 쉽고 가장 좋습니다.

영혼은 실재하는가, 아니면 상상인가?

영혼의 존재는 과학적 증거가 없기 때문에 항상 의문이 제기됩니다.

생명체의 의식은 실재하지만 그것은 섭리의 문제일까요?

영혼의 가설은 뿌리가 깊고 문명 이후 문명에서 살아 남았습니다.

영혼과 죽음 이후의 연속성은 대부분의 종교에서 없어서는 안될 부분입니다.

이 점을 증명하기 위해 성육신과 선지자는 종교적 해결책입니다.

그러나 지금까지 몸과 영혼의 잃어버린 연결 고리를 찾지 못했기 때문에

고차원 의식의 이유도 밝혀지지 않았습니다.

무한한 은하계에서 과학의 탐험은 작은 먼지에 불과합니다.

영혼과 의식에 대한 관련 질문, 과학은 반드시 대답해야합니다.

그렇지 않으면 시간의 영역에서 과학의 많은 가설이 녹슬 것입니다.

모든 영혼은 같은 패키지에
포함되나요?

다른 생명체의 영혼도 같은 소프트웨어 패키지의 일부일까요?

각 영혼은 양자 얽힘을 가지고 있지만 서로 다른 짐을 가지고 있습니다.

진화를 통해 모든 생명체는 생태적 속박을 가지고 있습니다.

많은 종들이 멸종한 이유는 시간이 지남에 따라 발전하지 못했기 때문입니다.

자칭 최상위 동물인 인간은 이제 그 구원을 찾고 있습니다.

그러나 삶의 소프트웨어와 하드웨어 사이의 관계는 사라졌습니다.

과학, 종교, 철학은 각자의 고유한 사고를 가지고 있습니다.

그 누구도 자신의 가설이 옳다는 것을 설득력 있게 증명할 수 없습니다.

호기심 많은 사람들이 어려운 질문을 하면 모두가 물러납니다.

영혼과 육체의 관계에 관한 문제에서 지금까지는 종교가 더 많은 영향을 미쳤습니다.

핵

핵이 없으면 어떤 원자도 원자로 형성되거나 존재할 수 없습니다.

기본 입자 자체는 물질로 형성될 수 없습니다.

우주에 존재하는 것들은 더 잘 설명할 수 있는 가설이 있을 수 있습니다.

태양계는 태양 없이는 존재할 수 없고 지속될 수 없습니다.

위성은 또한 인간의 재미가 아니라 힘의 균형을 맞추고 있습니다.

엄청난 에너지를 가진 중심핵이 없다면 우주는 질서정연할 수 없다.

그것이 신이든 다른 것이든 물리학은 더 깊이 파고 들어야합니다.

별과 은하 사이의 거리는 우리 로켓이 도달 할 수 없습니다.

지금까지 우리 은하를 구석구석 탐험하는 것은 우리의 주머니 너머에 있습니다.

하지만 많은 사람들이 비싼 티켓을 사서 영원히 우주로 나갈 준비를 하고 있습니다.

미지의 세계를 알고자 하는 호기심과 열망이 바로 문명입니다.

양자 기술을 통해 우주 탐험은 탄력을 받을 것입니다.

별들의 결합 뒤에 숨겨진 궁극적인 핵 또는 진실을 찾을 때까지

사람들이 종교적 신념과 기도로 행복해지도록 하십시오.

물리학을 넘어서

신기한 물리학의 세계 너머, 생물학의 세계

원자의 조합이 단백질 분자를 만들다

바이러스와 단세포 생물의 탄생

정보 전달자인 DNA가 진화의 과정을 시작하다

물리와 생물학의 결합으로 근본적인 해결책을 제시할 수 있습니다.

유전학을 통한 리버스 엔지니어링은 생명이 어떻게 생겨났는지 알려줄 수 있습니다.

전능하신 신에게는 게임 안에 아무것도 없을 수도 있습니다.

물리학 너머에는 새로운 생명을 주는 사랑, 인류애, 모성이 있습니다.

양성자와 전자의 조합처럼 우리에게는 남편과 아내가 있습니다.

창조의 신비는 양자역학 이후에도 계속될 것입니다.

일부 물리학자들은 새로운 가설로 존재에 대한 새로운 아이디어를 제공 할 것입니다.

생명은 인공지능과 전쟁을 통해 계속 경쟁할 것입니다.

인간은 존재의 이유를 찾지 못하더라도 별을 식민지화할 것입니다.

과학과 종교

과학은 이론을 증명하기 위해 종교적 텍스트를 참조하지 않습니다.

과학적 이론과 가설은 기억에 근거하지 않습니다.

문명 초기 단계의 종교 텍스트는 여러 세대를 거쳐 전해졌습니다.

이러한 텍스트는 항상 과학적 확증을 얻으려고 노력합니다.

신이 다른 은하계에 존재한다면, 종교적 텍스트는 그의 버전이 아닙니다.

확증으로 증명하기 위해 종교 지도자들은 해결책이 없습니다.

종종 그들은 과학에 근거한 것으로 증명하기 의해 조각 식사 구절을 언급합니다.

그러나 방어의 기본 법칙에 대한 수학적 언급은 없습니다.

선지자와 종교적 통치자는 과학 이론의 발명가가 아닙니다.

자연과 닮았다는 것과 자연법칙은 상관관계에 불과하다.

종교와 과학은 삶이라는 동전의 양면이 될 수 있습니다.

그러나 실험실이나 물리적 실험에 관해서는 종교는 미끄러집니다.

종교와 다중 우주

어디에 있든 행복하고 평화롭게 살기
이것이 영혼에 대한 대부분의 종교의 견해입니다.
종교가 평행 우주에 대해 알고 있다는 것을 의미합니까?
또는 가깝고 사랑하는 사람들을위한 가장 쉬운 고독의
길입니다.
여러 우주의 개념은 몇몇 종교에 내재되어 있습니다.
그러나 그것은 양자 얽힘과 특정 해상도를 넘어 섰습니다.
오늘날의 평행 우주 개념조차도 방향이 없습니다.
원자와 기본 입자 내부로 더 깊숙이 들어가는 물리학
구체적이기보다는 장애물에 부딪혀 철학적이어야 합니다.
우주의 크기가 커져도 우주 상수는 달라집니다.
그러면 전체 이론이나 가설이 의심스럽고 고통스러워지기
시작합니다.
종교는 믿음의 문제이며 신자들은 결코 증거를 요구하지
않습니다.
가장 과학적이고 이성적인 사람조차도 견해가 엉터리라고
말하지 않습니다.

과학과 멀티버스의 미래

사람들이 죽으면 친척들은 당신이 어디에 있든 평화롭게 살라고 말합니다.

이 종교적 견해는 사회에 깊이 뿌리를두고 있으며 너무 멀리 확장됩니다.

사람들은 떠남의 고통에서 위안을 얻고 상처를 치유하려고 노력합니다.

대다수의 사람들은 양자 얽힘에 대해 알지 못합니다.

다중우주의 존재 여부는 그들에게 전혀 중요하지 않다.

모든 동물과 마찬가지로 인간도 죽고 세상을 떠나는 것을 두려워합니다.

그래서 다른 은하계에 사는 개념이 펼쳐졌을 수도 있습니다.

우리 문명이 증거가 말하는 것보다 더 오래되었을 수도 있습니다.

수백만 년 전, 일부 진보된 생명체가 이곳에 있을 수도 있습니다.

지구에서 온 사람들이 그 생명체와 상호작용했을 수 있습니다.

그들이 목적지로 떠난 후, 인간은 기도를 하기 시작했습니다.

다른 우주의 존재는 입에서 입으로 전해졌습니다.

장기적으로 다른 우주에 생명체가 존재한다는 것은 확고해졌습니다.

물리학은 이제 자연을 설명하기 위해 다중 우주에 대한 가설을 세웠습니다.

다른 은하계에 다중 우주가 실제로 존재한다면 과학의 미래는 달라질 것입니다.

꿀벌

전 세계 대부분의 인간은 꿀벌처럼 살고 있습니다.

위에서 보면 거대한 건물은 나무입니다.

주거 커뮤니티에서 그들은 정체성을 갖지 못합니다.

하지만 벌집의 벌들처럼 모두는 자신의 집에서 연대하며 살아갑니다.

그들은 쉬지 않고 자손을 위해 일하고 일합니다.

항상 자식에게 가장 좋은 것을 주려고 노력합니다.

밤에만 꿀벌처럼 휴식을 취합니다.

어느 날 다리가 약해져 걷기 힘들고 손이 일하기 힘들어집니다.

그 무렵 자녀들은 성인이 되어 흔들리기 시작했습니다.

노인의 집이나 정신 병원에서 무효의 몸은 잠겨 있습니다.

모두가 옛날 옛적에 그들이 얼마나 열심히 일했는지 잊었습니다.

꿀벌처럼 그들도 땅에 떨어지고 아무도 눈치 처지 못했습니다.

그러나 더 푸른 날에는 삶을 즐기기 위해 어떤 사람들은 설득 할 수 없습니다.

동일한 결과

양자역학은 낙관론자와 비관론자를 구분하지 않습니다.

그 차이는 양자 확률 또는 얽힘 때문일 수 있습니다.

낙관론자와 비관론자는 동전의 양면과 같은 존재입니다.

그러나 일상 생활에서는 서로 다른 방식으로 다르게 전개됩니다.

크리켓과 축구 게임에서는 토스를 잃어도 이길 수 있습니다.

비관론으로 그 사람은 십자가의 축복으로 장기적으로 이길 수 있습니다.

낙관주의는 평생 동안 성공과 행복을 보장하지 않습니다.

장기적으로 많은 낙관론자들에게 낙관주의는 과대 광고로만 남아 있습니다.

비관론자들은 실패에 대한 후회없이 너무 행복하게 한 번만 죽습니다.

낙관론자들은 모든 꿈이 탈선 된 후 여러 번 죽습니다.

낙관론자 또는 비관론자에게 유일한 방법은 계속 진행하여 게임을 끝내는 것입니다.

자유 의지, 노력, 양자 얽힘에도 불구하고 결과는 동일합니다.

무언가 그리고 아무것도

무언가 그리고 아무것도, 아무것도, 그리고 무언가

신, 신, 신, 신, 계란 대 암탉보다 더 수수께끼 같은 신

빅뱅 또는 시작도 없고, 끝도 없고, 팽창과 확장만 있는 우주

암흑 에너지 또는 암흑 에너지 없음, 우주는 팽창 중이거나
단순히 신기루입니다.

반물질과 기본 입자에는 고유 한 역할과 마일리지가 있습니다.

물리 법칙이 먼저 공식화되었거나 우주가 먼저 왔습니까?

또한 무언가와 같은 심각한 질문이며 녹슬지 않아야합니다.

자연과 우주를 알기 위해서는 각 질문에 대한 답이
있어야합니다.

물리학, 생물학, 화학, 수학의 통합이 어떻게 수행되는지

인간의 감정과 의식도 다른 실행이 있습니다.

테이블, 모든 것의 이론이 돌릴 수 있는지 여부도
불확실합니다.

그 사이에 종교는 세상을 불태울 힘을 가지고 있습니다.

게놈 시퀀싱과 양자 얽힘을 알고 나서도

사람들은 종교적 정착에 행복하고 만족합니다.

물리학은 아직 무언가를 결정하기에는 너무 멀기 때문입니다.

최고의 시

지금까지 쓰여진 최고의 과학시는 질량과 에너지에 관한 것이었습니다.

공간, 시간, 질량 및 에너지를 시너지 효과로 설명할 수 있습니다.

m c 제곱과 같은 E 는 물리학의 많은 것을 영원히 바꾸어 놓았습니다.

물질 에너지 관계와 같은 과학 법칙의 인기는 매우 드뭅니다.

뉴턴의 운동 법칙조차도 대중의 관심에서 뒤쳐져 있습니다.

물질-에너지 이중성은 고전 물리학의 지배를 무너뜨렸습니다.

양자 이론과 역학의 미지의 세계를 열었습니다.

눈에 보이는 세상의 대부분을 설명하는 시(詩)는 물질 에너지 방정식입니다.

상대성 이론은 설명할 수 없는 많은 것들에 대한 해결책을 제시했습니다.

중력, 전자기력, 강하고 약한 핵의 힘은 눈에 보이지 않습니다.

하지만 공학에 적용되어 현대 세계를 가능하게 했습니다.

자연의 철학을 설명할 때 시와 물리학은 양립할 수 있습니다.

머리카락 회색화

흰머리와 나이가 지식과 지혜를 의미하지는 않습니다.

80이 넘은 인생의 끝자락에서도 많은 사람들이 바보의 왕국에 살고 있습니다.

대다수의 사람들은 경험과 과거로부터 배우지 않습니다.

그래서 그들의 미성숙과 어리석음은 마지막 숨을 쉴 때까지 지속됩니다.

학위와 부를 가지고 있다고해서 누구도 신사가 될 수는 없습니다.

마음에 가치와 감정이 없으면 세일즈맨이 될 수 있습니다.

가치가있는 지식과 지혜는 당신을 본질적으로 선하게 만들 것입니다.

가난한 사람 중 가장 가난한 사람에게도 무례하게 행동 할 수 없습니다.

가치에 기반한 정직한 인간이 사회에서 더 많이 필요합니다.

우리는 부패한 사고방식으로 교육받은 전문가가 필요하지 않습니다.

불안정한 인간

인간의 대다수는 불안정하고 정신 건강 문제를 가지고 있습니다.

젊은 남성의 난폭한 행동, 전자에 단서가 있을 수 있습니다.

물리학은 하늘이 진짜가 아닌데 왜 파랗게 보이는지 설명할 수 있습니다.

지금도 약은 감기와 계절성 독감을 빨리 치료할 수 없습니다.

일부 바이러스가 여전히 무적 인 이유는 물리학이나 의사도 대답하지 못했습니다.

날씨와 강우량에 대한 완벽한 예측은 매우 제한적이고 드뭅니다.

인간의 삶에서 뇌는 감정을 표현하기 위해 수십억 개의 중성자를 방출합니다.

그러나 어떤 방식으로 작동할지는 어떤 물리학자도 정확한 예측을 할 수 없습니다.

모든 미래의 순간에 대한 양자 확률은 무한합니다.

언제, 어떤 사고로든 최고의 의사도 죽을 수 있습니다.

시를 물리학처럼 단순하게 만들기

시가 수학이나 물리학처럼 단순할 수 없는 이우

진실은 언제나 단순하고 명확하며 어려운 단어가 필요하지 않습니다.

시는 일반인이 이해할 수 없을 정도로 어려울 필요는 없습니다.

내면의 표현을 아는 것은 엘리트 계층만을 위한 것이 아니다.

행성 운동의 법칙처럼 시는 단순하고 아름다워야 한다.

시는 더 나은 인간적 가치를 불어넣어 삶을 활기차게 만들 수 있어야 한다.

뉴턴의 법칙은 너무 간단하고 이해하기 쉽다.

전체 행성 운동, 간단한 방식으로 우리는 주위를 알 수 있습니다.

m c 제곱과 같은 E 는 복잡함 없이 물질 에너지 이중성을 설명합니다.

물리와시는 삶을 더 좋게 만들기 위해 쉽게 함께 갈 수 있습니다.

어려운 단어와 내면의 의미만으로시는 더 강해지지 않습니다.

시의 정의는 없으며, 그것은 은하계 너머의 은하처럼 경계가 적습니다.

수학과 물리학에 대해 간단한시는 쉽게 말할 수 있습니다.

막스 플랑크 대왕

양자역학은 우주 생성 직후에 진화했습니다.

기본 입자의 거동은 불안정하고 무작위적이며 다양했습니다.

전자, 양성자, 중성자, 광자가 순식간에 존재하게 되었습니다.

필요한 초기 스파크와 힘이 어디에서 왔는지 아무도 모릅니다.

수십억 년 동안 질서정연한 특이점은 혼돈으로 이동하여 엔트로피를 증가시켰습니다.

우주, 물질, 에너지는 오래된 복사본의 새로운 원형일까요?

호모 사피엔스가 지구에 출현한 후, 막스 플랑크가 발견한 양자 이론

그의 발견으로 탄생한 현대 물리학 및 양자역학

인간은 진화의 과정을 통해 세상에 나왔지만

전자, 양성자, 중성자는 진화를 거치지 않았고, 물리학에는 해결책이 없습니다.

물질 에너지가 어디에서 왔는지 설명할 수 있는 연결고리가 여전히 너무 많습니다.

우주의 생성에 있어 물리와 진화만이 유일한 게임은 아닙니다.

옵저버의 중요성

한때 공룡과 파충류가 세상을 지배했던 시대에는
진화와 자연 선택으로 인해 일부는 날기 시작했습니다.
영리하고 무기력한 종들은 바다와 바다에 머물렀습니다.
공룡의 황금기 동안 지구는 태양을 중심으로 움직였어요.
해바라기는 일출과 일몰을 알고 그에 따라 회전합니다.
지구의 자전과 공전에 대해 신경 쓰는 생명체는 없었습니다.
철새는 항해보다 더 정확하고 영리했습니다.
수천 년 동안 호모 사피엔스조차도 공전을 몰랐습니다.
똑똑한 갈릴레오가 세상에 놀라운 급진적 가설을 제시하기
전까지는 말이죠.
동물들은 자전과 공전 이론에 반대하지 않았습니다.
그러나 동료 호모 사피엔스들은 갈릴레오와 그의 이론에
단호하게 반대했습니다.
갈릴레오는 오랜 신념에 반하는 다른 생각을 했다는 이유로
감옥에 갇혔습니다.
그러나 진실의 선구자로서 그는 자신의 이론을 확인하고
저항하려고 노력합니다.

'그럼에도 불구하고 움직인다'는 그의 말은 관찰자의 중요성을 보여줍니다.

지식과 상상력을 가진 관찰자만이 세상을 영원히 바꿀 수 있습니다.

상대성 이론은 태양계가 시작될 때부터 존재했습니다.

아인슈타인이 관측을 통해 물리학의 새로운 항목으로 자리 잡음

관찰자의 중요성은 양자 얽힘을 통해 증명되었습니다.

그러나 현실은 연속적인 불연속성이며 우주조차 영원하지 않습니다.

우리는 모릅니다

죽음은 인간의 파동 함수가 붕괴하는 것일까요?

양성자, 중성자, 전자의 더미는 붕괴하는 데 시간이 필요합니다.

기본 입자의 양자 얽힘은 무덤에서도 계속될까요?

양자장 이론이나 양자역학에는 답이 없습니다.

유일한 희망은 모든 것을 설명하는 이론이 나올 때까지 기다리는 것입니다.

그럼에도 불구하고 무덤 아래에서 그것이 맞는지 여부는 아무도 모릅니다.

시간의 영역에서 새로운 이론, 가설은 왔다가 사라질 것입니다.

기술의 발전은 이제 결코 느려지지 않을 것입니다.

모든 이론과 가설은 항상 새로운 빛을 가져올 것입니다.

그러나 과학과 철학은 몇 가지 질문에 대한 답은 '모른다'고 말할 수 있습니다.

새로운 기능

의식, 양자 얽힘 및 평행 우주가 부상하고 있습니다.

무로부터의 시작이라는 빅뱅은 서서히 다운그레이드되고 있습니다.

결론 없는 암흑 에너지, 블랙홀, 반물질이 진동하다

끈 이론과 우주의 가장자리, 시간 여행은 여전히 수수께끼입니다.

인공 지능과 인간의 뇌 연결성은 흥미롭습니다.

신의 입자는 우리가 생각하는 것처럼 전능 해지지 않습니다.

언제든 핵전쟁이 발발하고 인류 문명이 침몰 할 수 있습니다.

양자 물리학에서는 사랑, 증오, 자아 및 생물학적 욕구가 연결되지 않습니다.

성 평등과 하늘이 분홍색이 되려면 수천 년이 더 걸릴 것입니다.

아무도 환경, 생태에 대해 신경 쓰지 않고 그들의 윙크를 봅니다.

인간의 부도덕은 생명체 생태계를 완전히 바꿀 수 있습니다.

그러나 인간의 삶은 탐욕, 자아, 질투, 자존감으로 계속 될 것입니다.

중력, 핵력, 전자기력은 기본으로 남을 것입니다.

인간 사회를 하나로 유지하기 위해 사랑, 성, 신은 여전히 중요한 역할을 할 것입니다.

외계 행성에 도달하기 위한 과학, 기술의 발전은 기하급수적으로 이루어질 것입니다.

Ether

우리 아버지는 학교와 대학에서 에테르를 공부했다고 말했습니다.

에테르에 대해 그는 많은 정보와 깊은 지식을 가지고 있었습니다.

에테르는 빛과 파동의 전파를 설명하는 데 중요한 역할을 했습니다.

에테르는 자연에서 무중력이며 감지 할 수 없다고 가정했습니다.

그러나 상대성 이론과 다른 이론들은 에테르의 미래를 파멸로 이끌었습니다.

에테르 가설은 교과서에서 사라졌습니다.

우리 아버지는 물리학 책에서 놀라운 표정을 짓곤 했습니다.

이제 우리는 암흑 물질과 암흑 에너지를 가지고 있으며, 에테르는 오래된 역사입니다.

수백 년 후, 암흑 에너지와 블랙홀은 같은 이야기를 할 수 있습니다.

자연계의 생명체 진화처럼 물리학도 진화하고 있습니다.

언젠가 우리의 증손자들에게 오늘의 물리학이 이야기로 전해질 것입니다.

독립성은 절대적이지 않습니다

독립은 절대적인 것이 아니라 사회, 국가에 의해 제한되는 상대적인 것입니다.

절대적 독립은 바람직하지 않으며 혼란과 파괴로 이어질 수 있습니다.

자유의지는 또한 자연의 힘과 양자 확률에 의해 제한됩니다.

자유의지를 가진 행위가 일어나기 위해서는 가능성이 있기 때문에 우리는 희망할 수 밖에 없습니다.

확률이 낮더라도 파동 방정식은 음으로 무너질 수 있습니다.

이는 자연의 모든 것이 동일한 잣대를 가지고 있지 않기 때문입니다.

우리의 희망은 의식과 뉴런이 있는 복잡한 감정입니다.

파동 함수는 환경적 제약으로 인해 붕괴될 수 있습니다.

그렇다고 해서 우리의 자유의지가 빛의 형태로 광자를 볼 수 없다는 의미는 아닙니다.

때때로 결과 또는 열매가 매우 흥미롭고 너무 밝아집니다.

결과나 결실은 도메인 이름 미래에서 시간의 산물이기 때문에 우리의 목표와 의무는 자유 의지로 최선의 행동을 하고 나머지는 자연에 맡기는 것입니다.

강제 진화, 어떻게 될까요?

바이러스에서 아메바, 공룡 및 기타 종으로 진화가 진행됩니다.

거대한 공룡은 멸종했지만 많은 종은 살아남아 진화를 거듭했습니다.

장기적으로 호모 사피엔스가 출현했고 어머니 지구는 최고의 보상을 받았습니다.

바다에서 육지로, 하늘로 날아가는 원숭이에서 인간으로 이어지는 연결 고리가 사라졌지만.

진화는 생존을 위한 자연선택을 통해 에덴동산에서 인간을 탄생시켰습니다.

진화는 고차원에서 시작하지 않고 거꾸로 생각의 무질서가 증가합니다.

우주의 엔트로피는 결코 시간의 영역에서 감소하지 않기 때문이다.

시간은 착각일 수 있으며 과거, 현재, 미래 사이에는 극명한 차이가 있습니다.

그러나 더 잘하고 앞으로 나아가는 것은 자연의 고유한 속성이자 문화입니다.

인류 문명에서도 불과 바퀴는 농업의 발견보다 먼저 등장했습니다.

수백만 년 동안 탄생과 죽음은 약하든 강하든 모든 생명체의 일부입니다.

일부 나무, 거북이, 고래만이 편안하게 오래 살았습니다.

과학자들은 이제 불멸은 다른 사람이 아닌 호모 사피엔스에게만 해당 될 것이라고 말했습니다.

불멸의 왕국에서 우리 동물 형제들에게 무슨 일이 일어날 지 아무도 모릅니다.

불멸의 인간은 이미 죽은 어머니와 아버지를 위해 슬퍼할까요?

다이 영

자연이 인간에게 부여한 100 세는 최적의 수명입니다.

이 수명은 자연 선택의 과정을 통해 얻어진 것입니다.

인위적으로 인간의 수명을 늘리는 것은 자연적 과정의 희석으로 이어질 수 있습니다.

생태계의 파괴가 없을 것이라고 단언할 수 있는 사람은 아무도 없다.

호모 사피엔스에단 집중하고 다른 사람을 무시하고 어리석은 상상력

백 20 년은 현재 세계를 탐험하기에 충분합니다.

그 나이에 지구에 사는 인간에게는 아직 알려지지 않은 것이 없습니다.

그는 자신의 사명과 목표를 달성하고 자아 실현 단계에 도달할 것입니다.

소비자 제품을 구입하는 것보다 그에게 중요한 것은 영성주의가 될 것입니다.

나는 몸과 마음의 균형, 가깝고 친애하는 출발은 회의론으로 밀어 넣을 것입니다.

세상은 이제 여행과 관광으로 시간을 보내기위한 작은 장소입니다.

인간이 태양계 밖에서 정착지를 개발하면 더 많은 나이가 괜찮을 수 있습니다.

외계 행성 여행 중 상대성 이론으로 인해 신체적으로 젊음을 유지할 수 있습니다.

수백만 광년 떨어진 새로운 위치에 정착하기 위해 마음도 강해질 것입니다.

그때까지 더 잘 사랑하고, 웃고, 놀고, 환경을 보호하고, 젊게 죽으세요.

결정론, 무작위성 및 자유 의지

자유의지로 교차로에서 촬영 경로를 선택했습니다.

하지만 무작위적인 폭풍우로 인해 나무가 내 차 위로 쓰러졌습니다.

내가 일주일 동안 병원 침대에 누워있는 시간이 미리 정해져 있었나요?

나는 고속도로에서 목적지로 갈 수 있는 선택권이 있었다.

내 여행이 도중에 이유 없이 중단된 사람과 이유는?

일상 생활에서 우리는 여러 번 혼란스러워합니다.

내가 다른 길을 택했다면 인생은 더 나은 상태가 되었을 것입니다.

마음의 무작위성 때문에 우리는 피할 수 있는 위치로 자신을 밀어 붙였습니다.

자유 의지는 또한 항상 우리에게 산만 함없이 가능한 최선의 길을 제공하지 않습니다.

자유 의지가 있더라도 하이젠베르크의 불확정성 원리가 유일한 해결책일까요?

물리학에 대한 지식이 있든 없든, 일은 일어난 그대로 일어납니다.

최고의 자동차 운전자는 때때로 비정상적인 교통 사고를 만나 사망했습니다.

산모와 신생아를 구하기 위해 제왕 절개에서 산부인과 의사는 항상 노력했습니다.

그러나 무작위로 그들의 노력과 경험은 누군가에게 효과가 없었습니다.

건강한 어머니의 죽음에 대한 이유는 누구도 설명 할 수 없습니다.

문제

자신, 가족, 지역, 마을, 주, 국가, 세계, 우주 등 모든 곳에 문제가 존재합니다.

때때로 두 사람이 함께 살 수 없는 차이점은 해결할 수 없습니다.

때로는 너무 많은 사람들이있는 공동 가정에서 해결할 수 있는 어려운 문제도 있습니다.

인구가 백만 명도 안 되는 작은 나라가 수년간의 이산으로 수천 명이 죽습니다.

10억 인구의 대국, 갈등을 해결하고 장애물을 제거하며 앞으로 나아갑니다.

우리는 매일 수백만 개으 바이러스와 박테리아를 접하면서도 이 문제를 안고 살아갑니 다.

생태와 환경의 파괴는 우리의 삶에 추가적인 부담을 주고 있습니다.

그러나 우리는 변화를 받아들이고 있으며 문제 해결에 대한 우리의 충동은 갑작스럽지 않습니다.

인간 DNA 와 문명의 갈등 해결 메커니즘은 마우 적절합니다.

놀랍게도 전쟁의 문제에서 인간 마음의 자아는 갈등을 영구적으로 만듭니다.

가족은 무너지고, 형제애는 증발하고, 탐욕은 급증하고 있습니다.

그러나 국가로서 사람들은 여전히 함께하고 보이지 않는 결속력을 보여줍니다.

양자 얽힘은 자연재해가 발생했을 때 적들 사이에서 작동합니다.

전쟁 중인 적대국들은 인류를 위해 함께 일할 수 있습니다.

리더가 인형이 아닌 자신의 마음을 사용한다면 갈등을 쉽게 해결할 수 있습니다.

생명에는 작은 입자가 필요합니다

무중력 입자 광자 없이는 생명체가 존재할 수 없습니다.

음전하를 띤 전자가 없다면 생명은 불가능합니다.

탄소, 수소, 산소 등 생명에 필수적인 수많은 원소들

진화와 생물 다양성 없이는 지구에서 인간의 삶이 지속될 수 없습니다.

환경, 생태, 생물 다양성은 모두 연약하고 벌집과 같습니다.

호모 사피엔스는 자신이 태양계의 왕이라고 생각했습니다.

우리는 다른 생명체와 마찬가지로 우리 존재도 무작위적이라는 사실을 잊고 있습니다.

너무 많은 변수는 우리가 깨닫기도 전에 우리의 사과 카트를 탈선시킬 수 있습니다.

운동량과 위치를 정확하게 예측하는 것은 불가능합니다.

예상치 못한 미지의 일들이 인간의 기록 없이 일어날 수 있습니다.

우리 삶의 과거와 미래조차도 우리가 통제할 수 없습니다.

지구의 삶은 휘발유와 순찰보다 더 휘발성이 있습니다.

사랑, 형제애, 행복, 기쁨 우리는 쉽게 만들거나 깨뜨릴 수 있습니다.

세상을 아름답고 천국으로 만들기 위해 우리가 감수해야 할 작은 고통

그렇지 않으면 공룡처럼이 세상에서 우리는 짐을 꾸려야 할 것입니다.

고통과 즐거움

쾌락과 고통은 분리할 수 없는 삶의 두 가지 요소입니다.

상대성과 얽힘은 존재의 모든 영역에서 작동합니다.

몸의 고통은 얼굴 표정을 통해 표현될 수 있습니다.

또한 마음의 고통은 우리가 숨겨도 몸에 반영 될 수 있습니다.

생명체가 살아가기 위해 몸과 마음의 관계는 너무나 완벽하게 얽혀있다.

물질이라는 육체가 없는 마음은 존재할 수 없다.

그러나 마음이 없다면 원자 더미는 그 이상의 어떤 것도 할 수 없습니다.

물질 에너지 방정식은 매우 간단하지만 수행하기 어렵습니다.

마음과 몸의 얽힘은 다른 파동 형태 일 수도 있습니다.

심신 얽힘을 통한 우리의 발현도 무작위입니다.

자연은 물질을 에너지로 변환하거나 그 반대로 변환하는 간단한 방법을 알고 있습니다.

이것이 별, 은하, 우주, 그리고 우리 모두가 지구에 존재하는 이유입니다.

생명체에는 물질을 에너지로 또는 그 반대로 변환하는 메커니즘이 내재되어 있습니다.

인류 문명이 이 간단한 원리를 발견할 수 있게 되었을 때 광합성을 위한 엽록소는 우리 유전적 벽돌의 일부가 될 것입니다.

물리학 이론

가난한 사람과 부자, 가진 사람과 못 가진 사람

물리 법칙은 누구에게나 똑같이 적용됩니다.

모든 생명체에게 사과는 항상 떨어집니다.

사과나무의 키가 작거나 크더라도

중력은 크리켓이든 축구든 모든 게임에 동일하게 적용됩니다.

물리학의 아름다움은 결코 차별하지 않는다는 것입니다.

항상 차별을 시도하는 법의 지배와는 다릅니다.

자연은 단순하므로 자연 법칙도 물리학 만 설경합니다.

인간의 두뇌가 얼마나 단순하게 이해할 수 있는지가 논리의 핵심입니다.

자연의 법칙을 이해하려면 우리의 뇌를 훈련시켜야 합니다.

물리학의 가설은 대부분 계산을 통해 먼저 도출됩니다.

그래서 어떤 자연 현상어 대해 우리는 쉬운 설명을 할 수 있습니다.

실험을 통해 검증되고 틀린 것으로 판명된 이론은

그들은 인류 문명에서 모두 폐기되었습니다.

진정한 이론은 실험의 시험을 견디고 강해졌습니다.

무슨 일이 있었든 일어난 일

우리의 자유 의지와 상관없이 일은 다르게 일어납니다.

무슨 일이 일어나든 되돌릴 수 없습니다.

사건이나 사고는 반드시 일어날 수밖에 없습니다.

현실을 받아들이는 것 외에는 대안이 없습니다.

지금까지 기술은 우리를 과거로 되돌릴 수 없습니다.

물리학에 따르면 과거, 현재, 미래에는 차이가 없습니다.

세 영역 모두에서 시간은 동일한 특성과 성질을 가지고 있습니다.

그러나 우리의 뇌는 사건의 지평선에서 빛의 속도로 연결되어 있습니다.

시간이라는 착각은 우리의 순간적인 위치만을 결정할 수 있습니다.

이것이 많은 종교가 삶이 환상이라고 생각하는 이유 일 수도 있습니다.

고전 역학이나 양자역학 모두 설명이 없습니다.

같은 DNA 코드를 가진 두 사람이 다른 감정 표현을하는 이유

시간이 환상이고 우리가 3차원 홀로그램에 살고 있다면

그렇다면 누가 어떻게 그리고 누가 그런 거대한 프로그래밍을 만들었는지가 문제입니다.

하지만 현실은 우리의 자유 의지를 강제하기 위한 해결책이 없다는 것입니다.

감정이 대칭적인 이유는 무엇인가요?

가난하든 부유하든, 성공하든 실패하든 모두 기본 입자의 더미입니다.

위대한 왕의 몸속 원자는 그의 신하들과 다르지 않았습니다.

감정은 인종에 관계없이 동일한 기쁨, 행복, 눈물을 가져옵니다.

예수님이 십자가에 못 박히셨을 때 그의 몸의 고통은 다른 사람들과 다르지 않았습니다.

종교, 국가의 이름으로 우리가 다른 사람을 죽이는 이유는 아무도 모릅니다.

동물의 감정조차도 같은 패턴과 대칭을 이루고 있습니다.

사람들이 쾌락을 위해 그들을 죽일 때 인간의 감정은 지적이지 않습니다.

인간은 우주의 모든 것이 같은 물질로 만들어 졌다고 생각하지 않았습니다.

그렇기 때문에 예수의 십자가 처형이 중요하고 문명에 주변이 아닌 이유입니다.

인간의 삶이 존자하기 우 해서는 사랑, 증오, 븐노와 같은 감정이 이성적이어야 한다.

삶의 대칭을 잊고 타인의 고통을 느끼지 못하면
예수님의 희생은 헛되고 우리의 삶은 미치게 될 것입니다.

입자가 비대칭이되면 도덕성, 윤리, 인류는 모두 무너질 것입니다.

물리학, 철학 및 과학의 모든 이론은 가설이 될 것입니다.

이 세상에 생명체가 존재하기 위해서는 유사성이 아닌 대칭성이 필수적입니다.

깊은 어둠 속에서도 우리는 나아갑니다

인생의 깊은 어둠 속으로 들어갈 때

나는 그립을 강화하려고 노력한다.

길은 너무 미끄러워서 움직일 수 없습니다.

기도보다 지팡이가 더 중요해

그러나 기도는 반딧불처럼 길을 보여줍니다.

앞으로 나아가기 위해 매일 밤 나는 노력해

밤은 결코 낮이 되지 않네

그게 자연의 법칙이야

어둠 속에서 나는 더 나아가야 해

추락으로 인한 부상의 두려움은 자연스러운 일

절벽에서 뛰어내려 여행을 끝내는 것은 비정상적인 일

우리는 유전자 코드와 본능의 노예입니다.

어둠 속에서도 앞으로 나아가고 살아가는 것은 기본이다.

그래서 나는 계속 나아가고 있습니다. 목적지를 모릅니다.

하지만 깊은 어둠 속에서 가만히 있는 것은 해결책이 아닙니다.

존재의 게임

관측자와 기본 입자 사이의 동적 평형이 중요합니다.

시각과 생식 능력이 없는 하등 동물에게는 다른 우주가 존재합니다.

그들은 감각 메커니즘을 가지고 있지만 아름다운 세계의 다양한 아름다움을 인식하지 못합니다.

세계와 은하계에 대해 하등 생명체는 다른 가정을 가질 수 있습니다.

그러나 그들은 또한 우주의 관찰자이며, 이중 슬릿 실험은 의심의 여지없이 그것을 증명합니다.

시각 장애를 가진 인간들 사이에서도 세상에 대한 인식이 다를 것입니다.

자신의 상상력과 다른 사람의 말을 들어야만 우주가 펼쳐질 것입니다.

옛날에 보청기가없는 청각 장애인은 세상이 침묵한다고 생각했을 것입니다.

여섯 명의 장님이 코끼리를 방문한 이야기는 단순한 이야기가 아니라 매우 적절합니다.

보이는 세계와 보이지 않는 세계의 모든 것은 양자 얽힘을
통해 기묘하게 연결되어 있습니다.

내가 죽으면 우주는 존재하지 않고, 우리 조상들에게는 이미
우주는 존재하지 않는다.

관찰은 또한 공간, 시간, 물질 및 에너지의 존재에 대한 양방향
과정입니다.

내가 없으면, 우주가 팽창하든 수축하든 나에게는 결론조차
내릴 수 없다.

내가 아무리 작아도 내가 그 영역에 존재하는 한 우주도 나를
관찰할 수 있다.

내가 떠난 후에도 우주가 나를 위해 존재하든 내가 우주를
위해 존재하든 그것은 마찬가지다.

자연 선택과 진화

자연 선택과 진화는 항상 최적화와 최고를 위한 것입니다.

하지만 호모 사피엔스의 진화 이후 자연은 긴 휴식을 취하고 있는 것 같습니다.

파괴와 건설 기술은 인간이 설계하고 개발했습니다.

우리는 이제 기아를 없애기 위해 유전자 조작 식품을 만들었지만 조류 독감으로 인해 닭을 도살해야했습니다.

핵 기술은 에너지를 공급하고 세계를 파괴하기위한 것입니다.

언젠가 핵 버튼이 펼쳐지지 않을 것이라고 아므도 보장 할 수 없습니다.

자연은 인간의 머리를 네 개의 눈과 네 개의 손으로 쉽게 대칭으로 만들 수있었습니다.

그러면 인간 문명에서 영원히 사라진 브루투스의 배신은 사라졌을 것입니다.

어쩌면 두 눈과 두 손을 가진 하나의 머리가 자연의 최고 최적 수준일지도 모릅니다.

인간의 생리적 구조의 추가 개발은 자연에 의해 지원되지 않습니다.

유전공학자와 인공지능이 그것을 할 것인지 아닌지는 이제 윤리적 문제입니다.

하지만 슈뢰딩거의 고양이를 상자 안에 가둬두면 인류는 어떻게 논리적인 해결책을 얻을 수 있을까요?

물리학 및 DNA 코드

물리학 및 양자역학이 도덕과 윤리를 설명하는 방법

도덕과 윤리는 인간의 삶에서 중요하며, 감정 표현은 기본입니다.

도덕성, 윤리, 정직, 형제애 문명은 불가능합니다.

무작위 양자 궤도에서의 인간의 삶은 비참하고 끔찍할 것입니다.

힘이 옳을 것이고, 단순히 법으로 사람들을 죽이는 것을 막는 것은 불가능할 것입니다.

인간의 삶은 우리가 생물학을 통해 가정하고 설명할 수 있는 것보다 더 복잡합니다.

우리가 어떻게 원숭이에서 인간이 되었는지, 연대기와 함께 어떤 경전에도 기록되어 있지 않습니다.

여전히 우리는 암 예방 및 치료 의학을 발명하기 위해 어둠 속에 있습니다.

유전학과 인공지능이 세상의 모든 질병을 영원히 없앨 수 있을까?

현실의 진실을 향해 점점 더 나아갈수록 답보다 더 많은 의문이 생깁니다.

삶의 불확실성은 우리의 DNA에 공포와 미신의 코드를 기록해 왔습니다.

탄생과 죽음의 이유, 과학적 이론에서 입증된 해결책은 없습니다.

초자연적인 힘을 향해, 불확실성 원리는 오히려 확신을 강화합니다.

물리학 이론과 함께 우리의 믿음으로 노를 젓는 대안은 없습니다.

DNA 코드를 바꾸는 신 방정식이 입증되지 않는 한 종교는 계속 번성할 것입니다.

현실이란 무엇인가요?

현실은 우리의 감각기관으로 보고 느낄 수 있는 물질적인 세계일까요?

아니면 종교에서 설명하는 환상(마야)에 불과한 것일까요?

양자 물리학 및 기본 입자가 실재하는 실체일까요?

그렇다면 우리의 의식과 다른 인간의 감정은 어떨까요?

물리학은 또한 양자 우주에서 우리는 국소적으로만 실재한다고 말합니다;

삶의 목적, 의식, 영혼, 신은 여전히 물리학의 범위를 벗어나 있습니다.

문명에 대한 우리의 경험과 가르침은 항상 우리의 윤리를 발전시킵니다.

현실은 아이, 젊은이, 죽어가는 사람에게 역동적이고 다릅니다.

그러나 사랑, 증오, 질투, 자아 및 기타 감정은 유전 암호입니다.

이 모든 자질과 본능, 가르침과 경험도 침식 할 수 없습니다.

현실은 또한 신중한 양자 입자처럼 패킷으로 제공됩니다.

의식, 불연속성 없이는 세상에서의 삶은 불가능합니다.

현실이 환상이라면 우리는 누군가가 만든 홀로그램의 세계에 살고 있는 것일까?

과학은 이제 현실이라는 개념이 완전히 부조리하지 않다고 말하고 있습니다.

평행 우주에 대해 확인할 때까지 사랑과 형제애, 공감으로 이 세상을 살아갑시다.

상대 세력

매일 행복해지는 것이 인간 삶의 목적일까요?
아니면 편안함과 고통 감소만을 위해 노력해야 하는가?
오래 살고 부를 축적하는 것이 모든 목적인가?
아니면 모든 인간이 추구해야 할 아름다움과 진리를 찾는 것?
인간이 반대 할 수있는 모든 것들 중 어느 것도 없습니다.

우리가 물질적인 삶을 포기하고 수도자가 되더라도
고통과 질병과 괴로움이 찾아와서 경적을 울릴 수 있습니다.
스님과 깨달은 설고자들도 배고픔이 있습니다.
사람들은 다시 일상으로 돌아와서 포기가 실수였다고
말합니다.
구름과 천둥 없이 비가 내리지 않는 곳은 없습니다.

자연의 기본 본능 중 하나는 다양성을 촉진하는 것입니다.
다양성이 없으면 인간도 번영을 기대할 수 없습니다.
양성자와 중성자와 함께 전자도 연대해야 합니다.
인간의 모든 감정 또한 대칭성을 떠나서는 존재할 수 없다.
인체의 생명은 신비롭고 상호 보완적입니다.

시간 측정

시간은 환상 일 뿐이므로 시공간 영역이라고 불리며 중요한 것을 알 수 있습니다.

현재 순간의 존재는 매우 명목상이며 측정에 따라 달라집니다.

측정은 초, 마이크로초, 나노초 또는 그 이상일 수 있습니다.

현재 인간의 뇌가 이해하기에는 과거, 현재, 미래가 겹쳐져 있습니다.

물리학에서는 과거와 현재, 미래 사이에 차이가 없으며 속도가 중요합니다.

시간은 엔트로피를 통한 열역학적 균형을 위한 자연의 속성일 수 있습니다.

또는 파동함수 붕괴를 통해 붕괴와 죽음이 나타나는 과정일 수도 있습니다.

행성들이 태양을 공전하기 전, 태양계에는 시간이 없었습니다.

물질도, 에너지도, 기본 입자도, 파동도 아닌 시간이야말로 진짜 재미입니다.

감정과 생명체의 기본 본능처럼 시간은 환상적이지만 시간은 항상 흐르는 것처럼 보입니다.

공간, 시간, 중력, 핵력, 전자기학은 너무나 완벽하게 혼합되어 있습니다.

물리적 영역에서 시간을 다른 자연 속성과 분리하는 것은 불가능합니다.

현재의 시간 측정 시스템은 인간이 만든 시간표에 불과합니다.

상대성 이론조차도 실제로 물리적으로 존재한다면 평행 우주에 대한 상대성 이론이 될 것입니다.

뇌의 이해와 시간 측정은 완전히 다를 수 있습니다.

베끼지 말고 나만의 논문 제출하기

과거, 현재, 미래는 모두 원자처럼 탄생의 순간에 하나로 통합됩니다.

출생 후 생명은 공전하는 불안정한 전자처럼 순식간에 무작위로 변합니다.

삶이 진행됨에 따라 다양한 색을 발산하는 무지개 거품처럼 변합니다.

또한 패배한 전쟁 포로처럼 죽음의 계곡으로 천천히 이동합니다.

다시 과거, 현재, 미래가 통일되고 개척자로서의 삶이 끝난다.

죽음 이후에는 물질-에너지-시공간의 의미가 없기 때문에 관찰자는 세상을 관찰하기 위해 존재해야 합니다.

통일된 순간부터 통일된 순간까지 삶을 활기차고 의미 있게 만드는 것이 가장 중요합니다.

관찰자가 떠나면 모든 것은 비물질적이고 의미가 없습니다.

고통, 쾌락, 자아, 행복, 돈, 부는 모두 사라지고 찢어질 것입니다.

삶, 사랑, 행복, 기쁨, 쾌활함에서 분리되지 않는 점과 점이
중요합니다.

스팅 이론에서 설명하는 것처럼 삶이 진동 일 뿐이라면
누군가가 기타를 연주하고있을 수 있습니다.

확실히 같은 곡, 영원한 음악가는 우리를 위해 영원히
연주하지 않을 것입니다.

가능한 한 완벽하게 곡에 맞춰 춤을 추고 당신이 존재하는 한
즐기십시오.

춤추는 사람이 피할 수 없는 자연스러운 흐름이나 우리가
저항할 수 있는 결과는 없다.

자신만의 이키가이를 따라 곡을 즐기고 마침내 멋진 논문을
제출하세요.

삶의 목적은 단일한 것이 아닙니다

기본 입자의 무작위성과 목적 없는 존재에서
자신의 삶과 경험의 목적을 찾는 것은 그리 쉽거나 간단하지 않습니다.

우리가 앞으로 나아가려고 할 때마다 내적, 외적 저항이 존재합니다.

마음은 전자처럼 무작위로 움직이고 중력은 모든 움직임을 끌어 당깁니다.

생물학적 욕구를 충족시키기 위해 우리는 음식, 옷, 쉼터를 얻기 위해 바쁠 것입니다.

우리 조상들이 저작권을 지키지 않고 불, 바퀴, 농업을 발명 한 것은 좋은 일입니다.

그렇지 않았다면 진보, 문명은 다양하고 다채롭지 않고 물이 꽉 찼을 것입니다.

오래된 문명에서도 일부 사람들은 육체적 필요를 넘어 삶의 목적에 대해 고민했습니다.

그래서 그들은 사회와 인류를 위해 가설을 세우고 인간의 탐욕에 균형을 맞추기 위한 철학을 세웠습니다.

그러나 지금까지 과학과 철학은 생존을 제외하고는 인간의 목적이 무엇인지 정확히 밝혀내지 못했습니다.

많은 사람들에게 삶의 목적은 아름다움과 진리를 찾아 자신의 목적을 찾는 것입니다.

우리의 존재는 이유없는 환상 일지 모르지만 우리 자신의 이야기, 아름답게 구성 할 수 있습니다.

결국 우리가 목적을 찾을 수 있든 없든, 우리는 죽음의 법칙에 순종해야합니다.

사랑, 자선, 자신으 믿음으로 세상을 여행하면서 행복하고 인생을 즐기는 것이 좋습니다.

인간은 섬이 아니며, 인간의 삶은 지속적인 진화를 통해 진화하고 있으며, 목적은 단일체가 아닙니다.

나무에는 목적이 있을까요?

본질적으로 의식이 낮은 독립형 나무는 어떤 목적을 가지고 있나요?

움직일 수도 없고, 말할 수도 없고, 사랑, 자아, 증오 같은 감정도 없습니다.

오직 살기 위해 필요한 것은 공기, 물, 햇빛과 같은 원재료인 음식뿐입니다.

광합성을 통해 엽록소를 통해 자신의 먹이를 준비하고 나무로서 있습니다.

미래를 위해 자손을 낳고 번식하려는 본능 외에는 이기심이 없습니다.

하지만 생태계에서 나무는 다른 동물들을 위해 훨씬 더 큰 목적을 가지고 있습니다.

새와 곤충은 나무보다 더 높은 의식을 가질 수 있습니다.

하지만 나무가 없다면 새들은 먹이도, 쉼터도, 숨 쉬는 데 필요한 산소도 얻지 못합니다.

원자가 모여 있는 고등 동물인 코끼리는 정글 없이는 생존할 수 없습니다.

총체적으로, 함께 살기 위해, 나무를 중심으로, 생존을 위해
다른 생명체의 구조를 허용합니다.

우리는 가장 높은 수준의 의식을 가진 호모 사피엔스가 나무에
똑같이 의존합니다.

그러나 우리의 의식은 우리가 최고의 동물이기 때문에 나무를
베는 것이 자유롭습니다.

지능과 기술을 통해 우리는 우리 자신의 생태계를 만들 수
있습니다.

산소실이 있는 콘크리트 정글은 항상 더 나은 쉼터로
선호됩니다.

진화 과정에서 나무는 우리보다 먼저 존재했으며, 우리에게
목적이 있다면 이 문제에서 나무는 낯선 존재가 아닙니다.

오래된 것은 금으로 남을 것이다

인류 문명을 바꾼 불, 바퀴, 전기의 발견은 여전히 가장 중요합니다.

더 나은 삶의 질과 과학, 기술 및 문명의 발전을 위해 그들은 전능합니다.

현대 문명에서 그들은 여전히 산소와 물과 같으며, 그것 없이는 생명이 존재할 수 없습니다.

새로운 기술에 관계없이 현대 문명의 삼위 일체는 항상 지속될 것입니다.

전기가 없으면 현대적인 필수품, 컴퓨터 및 스마트 폰도 멸망할 것입니다.

문명은 또한 진화의 길을 따르며, 가장 중요한 것은 먼저 발견되었습니다.

그러나 불은 녹슬지 않지만 인간에게 공기처럼 보이지 않는 존재가 되었다.

우리는 가스통이 비어 있고 불이 나지 않을 때 불의 중요성을 느낍니다.

비행기가 착륙할 때 바퀴가 빠지지 않을 때 느끼는 긴장감은 이루 말할 수 없습니다.

전기가 없으면 공유 할 통신없이 전 세계가 멈출 것입니다.

오래된 것은 금이며 더 많은 발견과 발명에 적용 할 수 있으며 현재 우리 마음에는 중요하지 않습니다.

그러나 항생제와 마취에 대해 생각해보십시오. 그것 없이는 현재의 건강이 어떻게 이루어질 수 있습니까?

컴퓨터와 스마트 폰은 이제 인기와 발기 부전으로 인식되는 절정에 이르렀습니다.

그러나 그들은 문명과 인류를위한 궁극적이고 최선의 해결책이 아닙니다.

새롭고 독특한 가제트와 기술, 조만간 과학자들이 발견 할 것입니다.

미래를 위한 도전

문명의 역사는 전쟁과 파괴, 인명 살상으로 가득합니다.

그러나 인간이 만든 모든 상황을 극복하고 문명은 멈추지 않았습니다.

자연재해는 과거 번성했던 많은 문명을 파괴했습니다.

그러나 더 나은 삶의 질을 향한 발전과 탐색의 추진력은 계속되고 있습니다.

수백만 명을 학살한 나쁜 왕도 있었고, 솔로몬 왕처럼 지혜로운 왕도 있었어요.

모든 발견과 발명은 블랙박스 밖에서 생각하는 사람들에 의해 이루어집니다.

언젠가 인류는 천연두와 같은 치명적인 질병을 퇴치할 수 있게 되었어요.

현대 물리학의 과학은 갈릴레오와 뉴턴의 상상력에서 시작되었습니다.

아인슈타인은 인류에게 지식보다 상상력이 중요하다고 말했습니다.

상상력으로 우주를 연구하는 과학자들의 노력은 계속되고 있습니다.

양자 물리학의 완전히 새로운 세계는 현실을 설명하는 아름다운 시처럼 등장했습니다.

양자역학은 인류 문명에도 무궁무진한 가능성을 열어주었습니다.

그러나 우리는 시간, 공간, 중력에 대한 해답보다 더 많은 질문을 가지고 있습니다.

새로운 사람들이 자연을 알기 위해 새로운 가설과 이론을 상상하고 새로운 실험을 하고 있습니다.

동시에 생태, 환경, 생물 다양성의 균형을 맞추는 것도 미래의 큰 과제입니다.

아름다움과 상대성 이론

세상은 바다, 산, 강, 폭포 등으로 아름답습니다.

나무, 새, 나비, 꽃, 새끼 고양이, 강아지, 무지개는 자연의 선물입니다.

그러나 아름다움은 절대적인 것이 아니며 자연을 관찰하는 사람에 따라 다릅니다.

아름다움에 대한 감정은 세대에서 세대로, 문화에서 문화로 변화해 왔습니다.

그렇기 때문에 아름다움은 상대적이며 가장 중요한 것은 관찰자가 있어야한다는 것입니다.

의식과 보는 눈과 느끼는 두뇌를 가진 관찰자가 없으면 아름다움은 의미가 없습니다.

인간에게도 바다 밑의 미개척지와 보이지 않는 아름다움은 중요하지 않습니다.

자연의 아름다움을 즐기는 것은 개인의 선택이며, 심지어 여성조차도 누군가에게 더 아름답게 보일 수 있습니다.

이것은 남성 호모 사피엔스가 전혀 잘 생기지 않았다는 것을 의미하지는 않습니다.

남성과 여성의 아름다움에 대한 정의는 서로 다릅니다.

동적 평형

어머니 지구가 동적 평형에 도달하는 데 수백만 년이 걸렸습니다.

지구와 진화의 시작부터 자연은 진자처럼 움직였습니다.

세계 기후가 동적 평형 상태에 도달하고 움직이기 시작했을 때 진화의 과정에서 인간이라는 지적인 동물이 탄생했습니다.

인간은 그들만의 진보와 번영의 개념을 시작했습니다.

자연 경관, 환경은 기발하게 더럽게 만들었습니다.

언덕은 평야로 바뀌고, 수역은 삶의 터전이 되었습니다.

숲은 나무와 식물을 베어낸 사막으로 변했습니다.

강이 막혀 식물을 잠기는 큰 호수가 되었습니다.

물 순환의 동적 평형이 파괴되기 시작합니다.

지구 온난화로 인해 기후가 불안정한 변화로 지닫고 있습니다.

인간 스스로가 초래한 오염은 이제 허용 범위를 벗어났습니다.

홍수, 빙하가 녹고 한파가 몰아쳐 대혼란을 일으키고 있습니다.

동적 평형을 회복하려면 호모 사피엔스가 새로운 기술을 활용해야 합니다.

아무도 나를 막을 수 없다

아무도 나를 막을 수 없고, 아무도 나를 방해할 수 없습니다.

내 정신은 불굴의 정신, 내 태도는 긍정적입니다.

하늘도 수평선도 제한 요소가 아닙니다.

나 자신은 내 영화의 배우이자 감독이기도합니다.

장애물은 낮과 밤처럼 왔다가 사라집니다.

하지만 나는 인생의 어떤 싸움에서도 패배를 받아들이지 않았습니다.

가끔 링 위에서 내 위치가 좁아질 때도 있었지만

그러나 나는 모든 힘과 힘을 다해 다시 일어났다.

한때 나를 미쳤다고 비웃었던 사람들

지금도 바쁘게 하루하루 먹고 살기 위해 노력하는 사람들

내가 그들의 말을 듣고 패배를 받아 들였다면

오늘 진흙에 쓰러진 나는 그것이 내 운명이라고 말했을 것입니다.

완벽을 추구한 적은 없지만 개선하려고 노력했습니다.

저는 어떤 일이나 창작물에서든 완벽하려고 노력한 적이 없습니다.

완벽은 목적지가 아니라 지속적인 과정입니다.

자연보다 더 좋은 장미를 만들 수 있는 사람은 없습니다.

자연도 진화를 통해 완벽을 향한 여정에 있습니다.

수십억 년이 지난 후에도 자연은 더 나은 것을 위해 움직이고 있습니다;

완벽함에만 집중하면 우리의 움직임은 느려집니다.

우리는 손에 든 보석에만 집중하고 완벽한 왕관으로 연마합니다.

우리는 여행 중에 인생의 많은 것들과 다양한 숲을 놓쳤습니다.

완벽을 추구하면 시야가 좁아지고 인생이 여행 중에 제한됩니다.

더 잘하기 위해 연습하면 제한없이 완벽을 향해 나아갈 수 있습니다;

절대적인 것이 아닌 최고보다 나은 것을 위한 벤치마킹을 한다.

변화는 암시 나 찬사없이 매 순간 일어나고 있습니다.

자연의 법칙과 충동은 변화하고 내일을 더 좋게 만드는 것입니다.

완벽에 도달하면 진리와 아름다움을 찾는 우리의 여정은 끝납니다.

삶은 의미가 없으므로 우주도 다른 종류가 될 것입니다.

선생님

스승과 제자의 얽힘은 양자 얽힘과 같습니다.

좋은 선생님과 학생의 곤-계는 영원합니다.

존경은 선생님의 인격과 양질의 가르침에서 비롯됩니다.

우리가 좋은 선생님으로부터 배운 것은 우리의 마음과 마음에 영원히 남아 있습니다.

스승의 날에 우리가 기억하는 모든 사랑스럽고 훌륭한 선생님들

선생님에 대한 존경은 학생에게 강요하거나 강요 할 수 없습니다.

인격, 행동 및 가르침의 질이 더 적절합니다.

교사가 정서적, 개인적 문제가 필요한 친구가 될 때

학생에게 평생 동안 교사는 상징으로 남아 있습니다.

사랑과 존경은 양방향 과정이며, 모든 교사의 마음속에 존재해야 합니다.

환상적인 완벽함

완벽은 어려운 추격전, 환상과 신기루입니다.

나비를 쫓다가 날개를 다치게 하지 마세요.

어제보다 오늘을 더 잘하는 것이 쉬운 접근법입니다.

때가 되면 원하는 수준의 완벽에 도달할 수 있습니다.

완벽을 향한 연습은 조금씩 조금씩 이어집니다.

해변에서 가족과 함께 노는 것도 중요합니다.

이렇게하면 거미줄이 제거되고 더 많은 연습을 할 수 있습니다.

어느 날 모래사장에서 날아다니는 아름다운 나비를 발견합니다.

완벽 함으로 새로운 것을 창조하는 것이 당신의 핵심이 될 것입니다.

사람들은 당신의 결과에 감사하고 당신의 문에 서있을 것입니다.

핵심 가치에 충실하기

저는 항상 원칙과 핵심 가치를 고수합니다.

그래서 놓치거나 얻은 것에 대해 후회하지 않습니다.

최악의 상황에서도 진실과 정직, 나는 결코 포기하지 않았습니다.

헌신을 위해 나는 파산하는 것을 선호했습니다.

사기 수단을 통해 다른 사람을 속이는 것보다.

재정적 손실은 이제 장기적인 이익으로 입증되었습니다.

진실, 정직, 헌신은 비가 올 때 우산을 제공했습니다.

사람들은 나를 모르고 나의 부드러움을 이용했다.

그러나 장기적으로 나는 굳건히 서 있었고, 나의 끈기가 열쇠입니다.

사람들은 내 가치가 그들을 지지하지 않았을 때 왔다 갔다 했습니다.

인내와 미소로 나는 내 영역을 전진시킵니다.

공복으로 남을 탓하지 않고 하늘 아래서 잠을 잤을 때 어떤 보이지 않는 힘은 항상 아버지처럼 내 뒤에 서 있습니다.

정직, 성실, 진실성은 로켓 과학이 아닙니다.

우리는 그것들을 우리의 의식과 양심으로 얽혀 야합니다.

돈이나 재산으로 측정할 수 없는 가치들

이 모든 가치는 나와 함께 살다가 죽을 때에도 함께 갈 것입니다.

죽음의 발명

죽음의 발명 또는 발견이 호모 사피엔스의 첫 번째 발견일까요?

문명의 발전에서 죽음은 불과 바퀴보다 더 중요한 의미를 가집니다.

시간의 한계는 인간에게 불멸을 향한 시도를 부추겼습니다.

마침내 인간은 불멸을 향한 모든 노력이 부질없다는 것을 깨달았습니다.

문명은 죽음이 궁극적인 현실이라는 것을 깨닫고 계속 발전해 나갔습니다;

부처님, 예수님, 모든 진리의 전파자들도 다른 사람들과 마찬가지로 죽었습니다.

그들은 또한 죽음을 제외한 세상의 모든 것은 비현실적이라고 가르쳤습니다.

인류에게는 전쟁보다 평화와 비폭력이 더 중요합니다.

그러나 전쟁없는 문명에서 호모 사피엔스는 멀리 떨어져 있습니다.

이제 다시 인간은 불멸을 위해 별을 향해 나아가고 있습니다;

죽음의 현실을 알고도 사람들은 다투고 있습니다.

불멸로, 종으로서, 인간에게는 통합이 불가능할 것입니다.

핵무기를 손에 넣으면 사람들은 자신의 죽음을 잊을 것입니다.

모든 생명체의 파괴는 언젠가 우리의 운명이 될 수 있습니다.

수백만 년 후, 일부 종은 전쟁과 증오를 완전히 근절 할 것입니다.

자신감

자신감은 자신감을 불러일으킵니다.

자신감이 없으면 꿈을 이룰 수 없습니다.

자신감이 있으면 지식과 지혜가 더 잘 작동합니다.

당신의 노력은 당신을 모두 함께 꿈을 향해 밀어 붙일 것입니다.

꿈은 미래에 당신이 움직일 때 현실이 될 것입니다.

끈기와 인내에는 자신감이 따릅니다.

결단력이 있으면 모든 저항을 쉽게 극복 할 수 있습니다.

당신의 꿈은 점점 더 커질 것입니다.

당신의 태도에서, 모든 단계에서, 그냥 그것을 할 것입니다.

당신의 마음가짐, 성과, 결과는 모두 영원히 바뀔 것입니다.

무례한 태도 유지

시간의 흐름을 거슬러 올라갈수록
모든 것이 완벽하지는 않았습니다.
호모 사피엔스의 출현은 거대한 도약이었습니다.
그 후 수천 년 동안 자연은 느리게 진행되었습니다.
때때로 눈에 보이고 들리는 삐 소리가 들렸습니다.
호모 사피엔스, 다른 사람들을 위한 진화, 영원한 잠을
기대하십시오.
세상은 지적인 인간의 영역이 되었습니다.
인간은 편안함과 즐거움을 위해 많은 것을 발견했습니다.
하지만 자연의 섭리는 많은 인간 종족을 멸종시켰습니다.
자연의 힘은 호모 사피엔스의 통제를 벗어났습니다.
그래서 인간은 자연의 힘에 굴복할 수밖에 없었습니다
인간은 자연의 힘을 통제하는 대신 다양성을 파괴했습니다.
생태와 환경은 아름다움과 다양성을 잃었습니다.
심지어 동료 호모 사피엔스를 도살하는 일도 흔했습니다.
십자군 전쟁과 세계 대전이 벌어져 수백만 명이 무작위로
죽었습니다.

예수는 평화와 진리를 가르치려다 오래 전에 십자가에 못 박혔습니다.

그러나 지금까지 자연, 환경, 생태, 인류에게 우리는 여전히 무례합니다.

왜 우리는 혼란스러워지고 있을까요?

평화, 평온, 통일 및 하나의 세계 질서는 불가능합니다.

열역학 법칙이 그 이유이며 매우 간단합니다.

무질서한 우주에서 질서를 향해 가려면 엔트로피가 내려가야 합니다.

그러나 엔트로피의 법칙은 과학에서 가장 중요한 왕관 중 하나입니다.

기본 입자를 순서대로 배치하려면 시간이 역전되어야합니다;

물리학에서 과거, 현재, 미래는 차이가 없습니다.

자연의 속성에서 볼 때 모두 동일합니다.

현재를 측정하는 단위는 밀리, 마이크로, 나노초가 될 수 있습니다.

이러한 관찰을 할 때 관찰자의 존재가 더 중요합니다.

블랙 에너지, 반물질 및 기타 여러 차원은 여전히 전능합니다.

모든 차원을 알지 못하면 장님이 코끼리를 설명하는 것처럼 우주를 설명할 수 있습니다.

그러나 궁극적인 진리를 단순하게 설명하기 위해서는 모든 미지의 차원이 중요합니다.

양자 확률도 시공간, 물질-에너지의 무한한 영역에서의 확률입니다.

보이지 않는 차원을 모두 설명하고 이해할 수 없다면, 물리학은 어떻게 시너지를 낼 수 있을까요?

광속의 문턱을 넘어 은하-계를 향해 나아간다그 해도 모든 것을 알 수는 없습니다.

우리가 돌아오기 전에 타양계는 에너지 부족으로 붕괴되어 추락할지도 모릅니다.

살기 위해, 아니면 살지 않기 위해?

과학자들과 연구자들은 인간이 곧 불멸할 것이라고 예측했습니다.

인공 지능으로 기술 붐이 일어날 것입니다.

인체의 육체적 고통과 고통에 대한 공간은 없을 것입니다.

일하지 않고도 즐거움과 즐거움으로 가득한 삶이 될 것입니다.

투기성 주식 시장에 미래를 위한 투자가 필요 없게 될 것입니다.

로봇이 준비한 음식은 천국의 맛이 다를 것입니다.

육체, 스포츠 및 엔터테인먼트는 기껏해야 기분이 좋을 것입니다.

사람들은 일과 휴식의 차이를 이해하지 못할 것입니다.

과학자들은 은퇴 연령이 언제가 될지 예측하지 못했습니다.

이미 은퇴 단계에 있는 사람들은 어떻게 될까요?

사랑, 증오, 질투, 분노와 같은 인간의 감정에 대한 예측이 없습니다.

신체가 강해지면서 다툼과 몸싸움이 더 많아질까?

살거나 살지 않는 것은 개인에게 맡겨야 하며 죽음을 막을 법은 없습니다.

하지만 불멸 이후에도 이별과 울음은 있을 거라고 확신합니다.

더 큰 그림

큰 그림에서 이 우주에서 나의 역할은 무엇인가요?

납득할 만한 답이 없는 어려운 질문

나의 존재 목적에 대한 대답은 더 어렵습니다.

과학과 철학에서 나를 설득할 수 있는 구체적인 답이 없다.

나는 앞으로 나아가서 끝까지 혼자서 찾아야한다.

아무도 진실을 찾는 데 동행하지 않습니다.

내 더 나은 반쪽을 포함한 모든 사람들이 다른 길을 선택했습니다.

내 경험과 신념, 아무도 바꿀 수없고 재부팅해야합니다.

그러나 생물학적 뇌의 기억은 지우기가 어렵고 완전히 뿌리 뽑기가 어렵습니다.

명확한 이유와 원인없이 언제든지 재발 할 수 있습니다.

내 신념, 지식, 지혜가 삶의 이유를 찾지 못한다면.

시야를 넓히세요

마음의 지평을 넓혀 무한한 우주와 가능성을 확인하세요.

블랙박스와 안전지대를 벗어나면 현실을 볼 수 있습니다.

쌍안경이나 망원경으로는 무한한 우주를 느낄 수 없습니다.

지평선 너머의 비전을 불어넣을 수 있는 것은 인간의 상상력입니다.

눈은 사물을 볼 수 있지만, 뇌는 과학적 이성으로만 분석할 수 있습니다.

어릴 때 마음의 앵무새를 새장 밖으로 내보내지 않으면

앵무새는 주변 사람들을 즐겁게 하기 위해 몇 마디만 반복할 것입니다.

색안경을 벗고 보는 것 이상으로 마음을 넓히면 놀랄 것입니다.

은하계, 혜성 및 삶의 현실을 바라 보는 당신의 비전은 당신이 거즈 할 수있는 당신의 삶이 분명해질 것입니다.

자연을 이해하는 진정한 지혜가 생기면 당신의 발자국, 미래가 추적됩니다.

블랙 박스의 열쇠가 당신의 손에 있기 때문에 마음의 지평을 넓히는 것은 쉽습니다.

모래 위에 놓인 열쇠에서 오래된 가르침과 종교적 편견의 먼지를 제거하기 만하면 됩니다.

갈릴레오가 오랜 세월을 만들 수 있다면, 당신의 삶은 쉽게 바꿀 수 있고, 기분을 상하게하는 것을 두려우 하지 마십시오.

당신의 삶, 당신의 지혜, 당신의 길은 아무도 장밋빛을 만들거나 이해하려고 노력하지 않을 것입니다.

이 행성에서의 당신의 시간은 제한되어 있으므로 더 빨리 깨닫고 행동하는 것이 좋으며, 필요한 경우 삶을 구부리십시오.

알아요.

내가 죽을 때 아무도 울지 않을 수 있다는 것을 압니다.

이것은 의미하지 않습니다; 나는 사람들을 사랑하는 것을 멈춰야한다.

나는 죽은 후 악어의 눈물을 위해 태어나거나 살지 않았습니다.

오히려 나는 사람들을 사랑하고 그들의 마음 속에 살 것입니다.

나의 관대함과 도움, 누군가는 침묵 속에서 기억할 것입니다.

그래서 사람과 인류에게 선을 행하는 것이 나의 우선 순위이자 신중함입니다.

나는 이기적인 사람들의 이기심에 대한 거짓 칭찬이 필요하지 않습니다.

무고한 길거리 개와 동물을 더 잘 돕는 것이 완벽합니다.

탄소 배출량을 줄이고 나무를 심는 것이 더 좋은 영향을 미칠 것입니다.

나의 사랑과 자선은 어떤 대가를 바라거나 기대하는 것이 아닙니다.

그것은 형제애와 평화로운 환경을 확산시키기위한 것입니다.

증오와 폭력을 사회적 고리에서 몰아내기 위한 것입니다.

분명 언젠가는 모두를 사랑하고 아무도 미워하지 않는 사람이 왕이 될 것입니다.

목적과 이유를 찾지 마세요.

우리는 어떤 목적이나 자유의지 없이 이 세상에 태어났습니다.

그러나 우리는 아들, 딸, 자매 또는 후계자가 되기 위해 다목적으로 태어났습니다.

부모와 사회는 우리의 목적을 조상들이 발견한 것을 배우는 것으로 고정시킵니다.

지식, 기술, 지혜를 찾기 위해 우리의 삶은 다목적이 됩니다.

결혼하고 자녀를 낳은 후, 핵가족은 우리의 우주가 됩니다.

어린 시절에는 삶의 목적이나 의미에 대해 생각할 시간이 없었습니다.

물질적인 것을 얻고, 잘 먹고 잘 자는 것이 우리가 마땅히 누려야 할 최고의 목적입니다.

나이가 들면서 우리는 존재의 의미에 대해 생각하기 시작했습니다.

우리 삶의 목적과 존재 이유에 대해 우리는 공명을 듣지 못합니다.

대부분의 사람들은 목적과 이유를 모른 채 행복하게 죽습니다.

목적과 이유를 찾아 헤매다 보면 삶은 신기루가 되거나 감옥이 됩니다.

자연 사랑

우리가 자연과 점점 더 멀어질수록

우리는 삶에서 많은 현실과 너무 많은 보물을 놓치고 있습니다.

에어컨이 있는 도시에서 사는 것이 우리의 미래일까요?

우리는 다른 생물의 서스지를 위해 숲을 보호하려고 노력하고 있습니다.

그러나 우리의 즐거움을 위해 자연과 생태를 파괴하는 것

문명이 시작된 이래로 사람들은 자연과 함께 편안하게 살았습니다.

하지만 고층 빌딩과 스마트폰의 발달로 완전히 바뀌었습니다.

우리는 집에 앉아서 더 많은 칼로리를 섭취하그 체육관에 돈을 지불합니다.

빠르고 건강에 해로운 음식을 먹으면 수백만 명이 칼슘 결핍으로 고통받습니다.

프리미엄을 지불하는 현더 도시에서 백년을 사는 재미는 무엇입니까?

우리는 노년기에 편안함과 안전을 위해 너무 열심히 일합니다.

그러나 환상적인 미래를 위해 우리는 새장에서 현재를 망치고 있다는 사실을 잊어 버리십시오.

우리가 지금 야만인이라고 생각하는 증조부의 삶이 더 좋았습니다.

현대 기술 및 자연과 삶의 균형을 맞추려면 용기가 필요합니다.

수십 년 동안 혼수 상태에서 사는 것은 실제 생활이 아니라 빈 통로입니다.

본 프리

우리는 태어날 때 목적, 목표, 사명, 비전 없이 자유롭게 태어납니다.

우리의 모든 움직임에 대해 부모, 가족, 사회는 서로 다른 압력을 가합니다.

우리의 의식은 우리가 살아가는 환경과 주변 환경에서 비롯됩니다.

가치 체계는 또한 유전 암호가 아니라 부모, 교사가 제공하는 것입니다.

우리는 자유롭게 태어 났지만 벌집에서 태어 났을 때 언어, 신조, 종교를 자유롭게 선택할 수는 없습니다.

우리의 마음은 공동의 목표를 위해 두려움, 의심 및 제한된 사고로 성장합니다.

너무 많은 분열이 우리의 사고 방식에 영향을 미쳤고, 우리는 모든 단계를 다수의 요구에 따라 가야합니다.

우리는 자유롭게 태어났지만 생존을 위한 내저적 결핍으로 인해 자유롭게 성장할 여유가 없습니다.

호모 사피엔스는 우전적으로 무리를 지어 사회성을 갖도록 연결되어 있습니다.

그리고 카스트, 신념, 피부색, 종교의 이름으로 정치적인 삶을 강요받으며 살아갑니다.

우리가 성인이 된 시민이되면 우리는 많은 경우와 함께 자유 의지를 가질 수 있습니다.

우리가 게임의 규칙, 소위 자유를 따르지 않으면 사회는 언제든지 문을 닫을 수 있습니다.

우리는 자유롭게 태어 났지만 우리의 자유는 제한없이 자유롭지 않으며 모든 사람은 반드시 따라야합니다.

사회와 국가의 의지에 반하는 급진적 인 일을하면 자유 거품이 터질 것입니다.

두려움이없고 자신의 신뢰가 있다면 마음의 자유는 경계가 적고 무한합니다.

우리의 수명은 항상 괜찮습니다

우리 삶의 장수는 항상 괜찮습니다.

정시에 출근하고 식사를 시작합니다.

주말에는 친구들과 함께 와인을 즐기고

우리 자신의 시간을 내 유일한 자원으로 사용하십시오.

죽기 전에 우리는 확실히 빛날 것입니다;

우리는 대학 시절에 상다성을 깨닫지 못했습니다.

우리는 시간이 없었고 부모님의 말을 듣지 않았습니다.

우리는 비오는 날에도 하늘에 무지개 만 보았습니다.

65 세 이후에 은퇴하고 혼자 살기 시작하면

상대성 이론은 자동으로 우리 호르몬에옵니다;

우리는 인생이 너무 짧지 않고 시간이 매우 빠르다고 말할 것입니다.

외로운 행성의 영역에서 영원히 우리는 지속되기를 원하지 않을 것입니다.

인생이라는 연극어서 성실하게 우리의 역할을 맡게하십시오.

우리의 건강, 장기, 이동성 및 정신이 녹슬 기 시작할 것입니다.

언젠가 우리는 묘지에서 쉬면서 먼지를 모으는 것이 행복 할 것입니다.

미안하지 않습니다

누군가 나를 미워하는 것은 내 잘못일 수 있습니다.

누군가 나에게 화를 내면 내 잘못 일 수 있습니다.

하지만 누군가 나를 부러워하고 질투한다면

내 잘못은 아닐지라도 괜찮아

그러나 나는 모든 싫어하는 사람들을 사랑하고 그들에게 미소 짓는다.

나는 결코 우월하다고 느끼지 않지만 열등감은 그들 자신의 잘못입니다.

그들은 쓸데없는 지적 공격을 시도했습니다.

그러나 복수하고 용서하지 않기 위해 나는 항상 결심합니다.

나는 다른 사람들을 기쁘게하기 위해 나의 발전과 움직임을 멈출 수 없다.

그것은 나의 창의성과 앞으로 나아가는 정신을 영원히 죽일 것입니다.

그러니 친애하는 친구 여러분, 미안하지도 않고 뒤로 돌아갈 수도 없습니다.

나는 당신의 상이 아니라 인류를 위해 사랑하는 일을하고 있습니다.

일찍 자고 일찍 일어나기

일찍 자고 일찍 일어나는 것이 사람을 건강하고 부유하고 현명하게 만듭니다.

이 속설은 사실일 수도 있고 거짓일 수도 있으며, 정확한 과학적 데이터는 없습니다.

그러나 알람 시계가 올라가는 날에는 초기 5 분이 매우 중요합니다.

5 분 동안 기상을 연기 할 생각을하기 전에 세 번 생각하십시오.

5 분은 의심할 여지없이 두세 시간이 될 것입니다.

하루의 활동을 늦게 시작하기 위해 지연을 위해, 당신은 자신이 외칠 것입니다.

오늘해야 할 오늘의 좋은 일은 내일로 연기되어야합니다.

다음날, 같은 5 분이 당신에게 더 많은 압박과 슬픔을 가져올 것입니다.

몇 분이 천천히 며칠, 몇 주, 몇 달이 천천히 지나갈 것입니다.

계절은 조용히 말하지 않고 평소처럼오고 갈 것입니다.

친구 및 다른 사람들과 함께 새해를 즐겁게 축하 할 것입니다.

일찍 자고 일찍 일어나서 알람을 우아하게 멈추지 않는 것이 좋습니다.

단순해진 생활

스마트폰으로 먹고, 통화하고, 서핑하는 등 삶이 너무 단순해졌습니다.

번화한 쇼핑몰이나 거리, 인기 있는 식당에서 항상 같은 풍경이 펼쳐집니다.

기술은 우리의 라이프스타일과 표현 방식을 완전히 바꿔놓았습니다.

그러나 윤리적 패러다임의 변화에는 기술이 해결책이 될 수 없습니다.

인간은 개인주의적이고 자기중심적으로 변해갑니다.

호모 사피엔스와 함께 모든 종이 새로운 문명의 문턱에 들어섰습니다.

중력 및 기타 힘에 대항하여 움직이기 위한 에너지의 필요성은 그대로 유지되었습니다.

굶주림과 기본 본능의 욕망, 지금까지 기술은 길들일 수 없습니다.

삶과 죽음, 생존과 더 나은 삶을 위한 투쟁, 여전히 같은 게임

기술은 단순한 삶을위한 지속적인 과정이며, 혼란에 대한 책임은 우리에게 있습니다.

파동 함수의 시각화

양자 또는 기본 입자의 세계는 우주만큼이나 신기합니다.

수백만 광년 떨어진 별처럼 우리 눈으로는 양자 입자를 볼 수 없습니다.

소립자는 우리가 보고, 느끼고, 만질 수 있는 모든 물질에 존재합니다.

우리 뇌의 메커니즘은 제한적이어서 간접적인 방법을 통해서만 보거나 느낄 수 있습니다.

광자나 전자의 얽힘에 대한 개념도 기록상으로는 간접적인 관찰입니다;

신발 한 켤레의 비유를 통해 얽힘의 개념을 설명합니다.

그러나 컵과 입술 사이에 내재된 불확실성은 항상 입자와 함께 남아 있습니다.

입자는 우주에서 다양한 방식으로 결합하여 눈에 보이는 물질을 형성합니다.

그러나 아름다운 양성자, 중성자, 전자, 광자를 눈으로 보는 것은 불가능하다.

실험을 통해서만 기본 입자의 성질을 알 수 있습니다;

달이나 가까운 행성에 대한 우리의 지식은 아직 포괄적이고 완전하지 않습니다.

기본 입자, 우주 및 우주에 대해 알기 위해 아무도 시간 제한을 수정할 수 없습니다.

문명은 새로운 이론과 가설을 배우고, 배우고, 배우고, 배울 수밖에 없습니다.

그러나 의식, 마음, 영혼에 대해 아는 것은 인간을위한 것이며 여전히 환상적이고 기본입니다.

언젠가는 확실히 우리는 의식의 파동 함수 붕괴를 발견 할 것이며, 아무것도 제한 할 수 없습니다.

80 억

사랑, 섹스, 신, 전쟁이 문명 생태계의 운명을 결정합니다.

환경과 생태는 기후가 동적 평형을 유지하는 데 중요합니다.

기술은 양날의 검으로, 우리의 지혜에 따라 건설하거나 파괴할 수 있습니다.

기술 발전에 사랑, 섹스, 신, 전쟁은 어떤 장애물도 될 수 없습니다.

사랑과 섹스가 없었다면 진화의 과정은 진전 없이 멈췄을 것입니다.

라마야나, 마하바라타, 십자군 전쟁, 세계 대전은 외과적 해결책으로 여겨졌습니다.

그러나 오늘날 기술은 인류에게 새로운 방법과 지혜, 새로운 방향을 제시하고 있습니다.

동시에 기술은 환경과 생태계를 파괴로 몰아넣고 있습니다.

신은 계급, 신념, 피부색, 국경, 종교를 넘어 인류를 하나로 묶는 데 실패했습니다.

오직 사랑과 성만이 인류를 인간으로 통합하고 80 억 인류를 만드는 데 도움이 되었습니다.

나

나의 존재는 세계, 태양계, 우리 은하계에 중요하지 않습니다.

나는 시스템의 무질서와 엔트로피 증가에만 기여할 수 있기 때문입니다.

무질서에 대한 나의 기여를 되돌릴 방법이나 가능성은 없습니다.

우리가 고려할 수있는 수명 동안 에너지와 물질을 현명하게 사용합니다.

엔트로피를 줄이기 위해 열역학 법칙을 제거할 수 있는 기술은 없습니다.

내가 할 수 있는 유일한 일은 지구의 오염과 탄소 발자국을 줄이는 것입니다.

나는 또한 동료 호모 사피엔스들 사이에 미소, 사랑, 형제애를 전파할 수 있습니다.

사람들은 아름다운 지구의 동식물을 고의로 파괴하고 있습니다.

우리는 천연자원을 소비하고 파괴하기 위해 이 지구에 왔다고 생각합니다.

하지만 이는 지구의 기후와 미래 과정을 돌이킬 수 없을 정도로 변화시켰습니다.

기술은 우리에게 다양하고 효율적이며 재사용 가능한 에너지원을 제공할 수 있습니다.

하지만 엔트로피의 증가는 언젠가 파괴적인 힘으로 폭발할 것입니다.

편안함의 중독성

편안함은 중독성이 있습니다

음식과 쉼터에 대한 욕망은 유혹적입니다.

하지만 안락함 속에서 우리는 생산성이 떨어집니다.

과학자들은 안전지대에 살면서 새로운 것을 발명할 수 없습니다.

발명을 위해서는 홀로 심해 항해에 나서야 합니다.

음식, 쉼터 및 옷에 대한 사람들의 욕구는 그들을 해변에 머물게합니다.

지적인 사람들은 곧 이동과 추진력이 핵심이라는 것을 깨달았습니다.

용감한 사람들은 편안함을 버리고 바다의 포효를 무시하고 헤엄치기 위해 뛰어들었습니다.

새로운 것을 탐구하고 실험하려는 욕구가 발명의 핵심입니다.

이주가 있었기에 문명이 발전하고 발전할 수 있었습니다.

불확실성이 존재하는 세상에는 안전한 피난처가 없습니다.

안전지대에 대한 욕구도 양자 확률에 의해 제한됩니다.

자유 의지와 목적

생명의 목적은 생육하고 번성하는 것입니까?

아니면 DNA 코드를 총체적으로 보호하는 것이 삶의 목적일까요?

우리는 독신으로 남아 번식하지 않을 수 있습니다.

유전자 코드를 보호하려면 삼각형이 있어야합니다.

아버지, 어머니, 자녀가 없으면 코드가 좌굴됩니다.

자유 의지는 항상 결정에 영향을 미칩니다.

그러나 자유 의지는 불확실성과 변수와 관련이 있습니다.

미래의 영역에서는 자유 의지의 목적이 무력화됩니다.

직관을 따르고 의지를 실행하는 것이 단순한 규칙입니다.

자유 의지와 목적이 결코 통합되지 않더라도 겸손하세요.

두 가지 유형

우리가 함께 일했던 이 세상에는 두 가지 유형의 사람들만 존재합니다.

비관론자, 움직일 의지가 없는 사람, 그리고 낙관론자, 항상 움직입니다.

너무 많이 생각하지 않고 그냥 하는 사람과 내일을 위해 미루는 사람.

긍정적 인 태도를 가진 한 가지 유형과 부정적인 태도를 가진 다른 유형

우리가 결과에 대해 너무 많이 생각하고 분석하면 시작하는 것은 불가능합니다.

하루가 끝나고 마침내 인생의 끝에서 비어있는 것은 우리의 카트가 될 것입니다.

앵커를 제거하고 미래의 폭풍을 생각하지 않고 항해를 시작하십시오.

맑은 하늘을 무한정 기다리면 결코 스타덤에 오를 수 없습니다.

인생은 무작위적인 양자 확률 일 뿐이라는 현실을 받아들이십시오.

과학자에게 감사하는 마음을 갖자

양자 세계를 펼치는 모든 과학자들에게 감사를 표합니다.

우리는 감각 기관으로 양자 입자를 보거나 느낄 수 없습니다.

하지만 우리의 뇌는 양자 입자를 이해하고 시각화할 수 있는 능력을 가지고 있습니다.

과학은 양자의 본질을 밝히고 이해하기 위해 먼 길을 걸어왔습니다.

그러나 우리는 우리가 어디에 서 있는지, 종착점이 너무 멀거나 아주 가까운지 모릅니다;

과학자들은 수많은 불면의 밤을 보내며 가설을 세웠습니다.

나중에 많은 가설이 엄격한 실험을 견뎌내고 이론이 되었습니다.

슈뢰딩거의 고양이는 이제 양자 점프를 통해 상자 밖으로 나와 자연으로 이동합니다.

과학자들은 양자 컴퓨터를 통해 미래의 새로운 가능성을 탐구할 것입니다.

새로운 문화에 들어섰지만 인간의 뇌, 마음, 의식에 대한 현실은 여전히 환상적입니다.

물과 산소 너머의 생명

우주는 경계를 넘어 무한하며 여전히 확장 중입니다.

그러나 때때로 우주에 대한 우리의 사고 과정은 우리 자신이 제한하고 있습니다.

탄소, 산소, 수소를 넘어선 무한의 생명체는 존재할 수 있습니다.

별에서 직접 에너지를 가져올 수 있는 의식을 가진 생명체가 있을 수 있습니다.

산소와 물은 생명체에 반드시 필요하며, 다른 은하계에서는 현실이 아닐 수도 있습니다.

우리 행성 지구에 존재하는 생명의 형태는 고독 할 수 있습니다.

그러나 수십억 광년 떨어진 곳에도 같은 종류의 생명체가 존재할 확률이 높습니다.

자연은 다양성을 좋아하기 때문에 다른 곳에서도 다른 형태의 생명체가 존재할 수 있습니다.

그러나 우리의 물리학 및 생물학에 따르면 이러한 유형의 생명체는 호환되지 않을 수 있습니다.

다른 우주의 생명체가 에너지를 직접 흡수할 가능성은
합리적입니다.

우리는 여전히 암흑 에너지에 대해 잘 알지 못하고 빛의 경계
내에서 제한되어 있습니다.

그러나 먼 은하계의 다른 유형의 생명체에게는 암흑 에너지가
밝을 수 있습니다.

광속의 장벽을 넘어 우리가 원하는 속도로 여행할 수 있게
되면

다른 은하계에서 외계행성을 찾는 것은 간단하고 공정해질
것입니다.

그때까지 과학은 편견에 사로잡혀 다른 층을 배제해서는 안
됩니다.

물과 땅

지구의 4분의 3이 물속에 잠겨 있습니다.

4분의 1에만 우리 호모 사피엔스가 살고 있습니다.

바다 밑의 세계는 아직 미개척지입니다.

인간은 지탱할 수 있는 한계를 넘어선 토양의 자원을 착취하고 있습니다.

심해 탐험은 여전히 어렵습니다.

더 쉽고 편하게 우주를 탐험할 수 있습니다.

그렇기 때문에 달에도 식민지를 건설하기 위해 인종이 있습니다.

사하라 사막은 현존하는 문명에게는 여전히 신비의 땅이지만 우리는 달에 땅을 잡고 건설을 시작하는 것이 더 걱정입니다.

세계 인구의 대다수는 여전히 주거 해결책을 찾지 못하고 있습니다.

우주와 주변 원자를 탐사할 필요가 있습니다.

그러나 모든 인간에게 생존의 기회를 주는 것은 필수입니다.

인류 문명은 발전과 번영을 위해 사랑으로 여정을
시작했습니다.

그러나 호모 사피엔스와 다른 종들 사이의 균형이 깨졌습니다.

인류의 생존을 위해 환경과 생태를 진정성 있게 균형 잡아야
합니다.

물리학에는 고조파가 있습니다

농업이 발견된 지 수천 년이 지났습니다.
농부들은 여전히 땅을 경작하고 벼와 밀을 재배합니다.
늙은 어부는 바다로 나가 물고기를 잡아 시장에 내다 팔아요.
카우보이와 카우걸은 할아버지에게 배운 옛 노래를 부른다.
인공 지능이나 그들이 들었던 외계인에 대해 걱정하지
않습니다.

양자 얽힘이나 먼 하늘의 외계 행성은 그들에게 중요하지
않습니다.
오히려 가뭄과 불규칙한 기후가 수확량에 대한 우려입니다.
화학 비료의 무분별한 사용으로 토양의 생산성이
감소했습니다.
여전히 빗물에 의존하는 수십억 명의 사람들이 있습니다.
강우량 부족은 아이들을 빈곤과 기아로 몰아넣을 수 있습니다.

그러나 과학은 원자와 은하를 탐험하기 위해 점점 더 깊숙이
들어가고 있습니다.

과학은 자연을 따라가며 탐구하는 것이지, 자연이 과학을 탐구하는 것이 아닙니다.

우주는 물리학 법칙을 만든 후에 존재하게 된 것이 아닙니다.

수학 지식은 기본이었고, 행성의 역학을 알고 있었습니다.

물리학을 통해 자연을 탐구하는 데에는 모든 고조파의 가능성이 있습니다.

자연의 영역에 있는 과학

물리학에는 자연을 설명하는 많은 수학 방정식이 있습니다.

하지만 미래의 사망 날짜를 정확히 계산할 수 있는 방정식은 없습니다.

어떤 사람은 젊어서 건강하게 죽고, 어떤 사람은 비참하게 늙어서 죽습니다.

방정식이 없는 이유, 자유 의지와 헌신적인 노력이 결과를 낳는 이유

지진을 정확하게 예측하는 방정식도 있습니다.

자연재해와 전염병의 예측도 확률입니다.

그러나 결혼 궁합과 지속 가능성에 대한 간단한 방정식이 필요합니다.

과학적 예측은 오차 없이 100% 정확해야 합니다.

그렇지 않으면 약한 사람들 사이에서 점성가들은 항상 공포를 불러 일으킬 것입니다.

과학은 수천 년 전에 쓰어진 종교 텍스트와 같은 블랙 박스가 아닙니다.

많은 과학자들의 블랙 박스 증후군은 자존심을 버려야합니다.

모든 가능성과 확률을 탐구해야하는 것은 진실을 찾는 것입니다.

어떤 신념과 가치를 증거 없이 미신이라고 말하는 것은 무례한 일입니다.

자연과 신의 영역에서 과학은 항상 더 나은 내일과 선을 위한 것입니다.

진화하는 가설과 법칙

물리학의 가설과 법칙, 형이상학은 시간이 지남에 따라 진화하고 있습니다.

빅뱅 이전에는 우주를 지배하는 다양한 법칙이 존재했을 수 있습니다.

하지만 우리에게 물리학과 자연의 법칙은 시간의 영역에서만 존재했습니다.

시간은 착각일 수도 있고 과거에서 현재, 미래로 이동하는 것일 수도 있으며 관찰자에게 중요합니다.

시간의 영역이 없다면, 우리는 법칙이나 목적에 대해 아무런 의미도 갖지 못합니다.

호모 사피엔스의 삶의 질 향상을 위한 진화와 함께 물리학을 따르는 기술

그러나 지구상의 다른 생명체에게 물리학과 기술은 외계인입니다.

바다나 바다 밑에 사는 3분의 1은 물리학에 대한 지식이 전혀 없습니다.

하지만 그들은 수학을 전혀 모른 채 편안하고 행복하게 살고 있습니다.

그들의 여행과 삶은 통계에 신경 쓰지 않고 시간의 영역에만 있습니다.

지적인 생명체인 인간은 자연의 모든 것을 통제해 왔습니다.

그러나 발전과 진보의 과정에서 자연을 위해 우리는 신경 쓰지 않았습니다.

우주론과 기본 입자를 아는 것만으로는 모든 사람의 몫이 충분하지 않습니다.

생태계의 균형과 환경이 유지되지 않으면 언젠가 인간의 삶은 희귀해질 것입니다.

과학자들이 진화의 과정과 발명의 균형을 맞춰 모두에게 공평한 기회를 제공하자.

저자 소개

Devajit Bhuyan

직업이 전기 엔지니어이자 마음속의 시인인 데바짓 부얀은 영어와 모국어인 아삼어로 시를 쓰는 데 능숙합니다. 그는 인도 엔지니어 협회(인도), 인도 행정직원 대학(ASCI)의 펠로우이자 차, 코뿔소, 비후의 땅 아삼의 최고 문학 단체인 '아삼 사히티아 사바'의 평생 회원입니다. 지난 25년 동안 여러 출판사에서 40개 이상의 언어로 출간된 110여 권의 책을 저술했습니다. 그가 출판한 책 중 약 40권은 아삼어 시집이고 30권은 영시집입니다. 데바짓 부얀의 시는 지구에 존재하는 모든 것, 태양 아래에서 볼 수 있는 모든 것을 다룹니다. 그는 인간, 동물, 별, 은하, 바다, 숲, 인류, 전쟁, 기술, 기계 등 가능한 모든 물질적, 추상적 사물을 소재로 시를 썼습니다. 그에 대한 자세한 정보는 www.devajitbhuyan.com 또는 그의 유튜브 채널 @careergurudevajitbhuyan1986 을 참조하세요.

www.ingramcontent.com/pod-product-compliance
Lightning Source LLC
LaVergne TN
LVHW091632070526
838199LV00044B/1037